맹자 인생수업

맹자 인생수업

세상의 소란 속에서 나를 지키는 50가지 맹자의 가르침

맹자 저 · 김지민 엮음

HIGHEST

들어가며

맹자는 공자의 뒤를 이어 유학을 집대성한 대표적인 사상가입니다. 약 기원전 372년경부터 기원전 289년까지 활동한 그의 철학이 오늘날에도 유효한 이유는 무엇일까요?

맹자가 살았던 전국시대는 끊임없는 전쟁과 패권 경쟁이 이어지던 혼란의 시기였습니다. 강자가 약자를 지배하는 것을 당연하게 생각했고 사람들은 점점 더 냉혹해졌습니다. 맹자는 이러한 시대적 흐름에 맞서 '사람다운 길'을 외쳤습니다. 그는 인간의 본성은 선하며 그 선한 마음을 키우고 지켜나가는 것을 개인과 사회의 가장 중요한 과제로 삼았습니다.

맹자가 강조한 인의(仁義)는 단순한 도덕적 가르침이 아니라 사람과 사람이 함께 살아가려 꼭 필요한 원칙이었습니다. 사람은 누구나 연민과 부끄러움, 옳고 그름을 분별하는 마음을 가지고 태어난다고 믿었습니다. 이러한 마음을 바탕으로 타인을 향한 사랑과 정의로움을 강조했습니다.

현대 사회 역시 맹자가 살던 시대와 다르지 않습니다. 현대 사회는 정보와 자원은 넘치지만 마음의 결핍은 더 커지고 있습니다. 타인의 고통에 무감각해지고, 자신의 감정조차 돌보지 못하는 시대입니다. 경쟁과 비교는 일상이고 성공과 명예가 가장 높은 가치로 칭송받습니다. 삶은 빠르게 지나가고 사람들은 지치며 세상은 점점 각박해집니다.

이럴 때일수록 맹자의 사상에는 더 깊은 울림이 있습니다. 현대인은 생존을 정답처럼 생각하고 배려와 희생을 손해로 생각합니다. 이런 우리에게 맹자의 철학은 묻습니다.

"어떤 삶을 살아야 하는가?"

맹자의 가르침은 단순히 위대한 지도자나 특별한 사람들만을 위한 것이 아닙니다. 그가 강조한 군자(君子)는 지위가 높은 사람이 아니라 도덕적 감각을 갖추고 인의를 실천하며 스스로를 끊임없이 수양하는 사람입니다. 맹자는 '군자는 의(義)를 좇고, 소인은 이익을 좇는다'라고 말하며 시대가 어지러울수록 군자다운 태도가 더욱 절실하다고 봤습니다. 지금 우리가 바라는 좋은 사람, 좋은 어른, 좋은 리더의 모습이란 어쩌면 맹자가 말한 군자의 모습에 가장 가까울지 모릅니다. 바로 지금이 그 어떤 때보다 어지러운 시대니까요.

'왜 다시 맹자인가'라는 질문에는 이렇게 답할 수 있겠습니다.
인간다움을 잃지 않기 위해서라고요.

더 나은 관계를 맺고 더 나은 사람이 되는 길을 찾고 계시다면, 그리하여 세상 속의 군자가 되기를 원한다면, 맹자의 철학이 그 길을 밝히는 등불이 되어줄 것입니다.

차례

들어가며 · 05

1장　　　"자기 자신을 세우는 힘 (수양, 修養)"

01　　　"처음부터 삶이 어려운 것은 아니다. 그저 일정한 생업이 없기 때문이다."
　　　　　의지와 태도 · 16

02　　　"남을 불쌍히 여기는 마음은 누구에게나 있다."
　　　　　요즘 필요한 것 · 20

03　　　"하늘이 장차 어떤 사람에게 큰 임무를 맡기려 할 때는, 반드시 먼저 그의 마음을 괴롭게 한다."
　　　　　대운의 신호 · 24

04　　　"규율 없이는 네모와 원을 그릴 수 없다."
　　　　　흔들리는 마음 · 29

05　　　"아버지를 섬기는 일은 술과 고기를 챙기는 일보다 더 깊다."
　　　　　효의 의미 · 33

06　　　"같은 방 안에 굶주리는 사람이 있는데 옆자리 배부른 사람이 음식을 나누지 않는다면 인이 없는 자다."
　　　　　나눔의 미학 · 37

07　　　"불고기가 먹고 싶어지는 마음은 불고기 냄새를 맡았기 때문이다."
　　　　　외부와 내면 · 41

08　　　"말만 듣지 말고, 직접 가서 살펴보라."
　　　　　길라잡이 · 46

09　　　"싸워도 못 이길 거면 땅을 버리고 이주하거나, 아니면 목숨 걸고 지킬 각오를 해야 한다."
　　　　　확실한 선택 · 50

10　　　"어떤 일이 이루어지는 것도 이루어지지 않는 것도 하늘이 그렇게 하지 못하게 막는 것이다."
　　　　　기다리는 힘 · 53

11　　　"어떤 이는 마음을 쓰고 어떤 이는 힘을 쓴다."
　　　　　삶이라는 집 · 57

12　　　"백성이 마음으로 따르는 나라는 아무리 강대국이라도 두렵지 않다."
　　　　　가장 중요한 것 · 60

13   "하늘이 세상을 뒤집을 때는 순식간에 변한다.
        아무리 지혜롭고 재능이 뛰어나도 때를 만나지 못하면 뜻을 펼칠 수 없다."
        능력과 운명 · 63

14   "물길을 바로 잡아 수로를 터주면 흙탕물이 맑아지고, 뱀과 용이 쫓겨나며 사람들이 거주할 수 있다."
        본질의 의미 · 67

15   "망하는 것은 외부에서 침략해서가 아니라 스스로 내부에서 무너지기 때문이다."
        기준의 중요성 · 70

16   "사람이 하는 말에 근거가 없는 것은 좋지 않다."
        말의 무게 · 74

2장   "함께 살아가는 힘 (공존, 共存)"

17   "활쏘기를 배울 때 활쏘기의 도리를 터득한 뒤에 화살을 쏜다. 올바른 활쏘기란 그런 것이다."
        관계를 위한 책임 · 80

18   "절세미인인 서시도 오물을 뒤집어쓰고 있으면 사람들이 모두 코를 막고 그냥 지나간다."
        겉모습보다 중요한 것 · 84

19   "억지로 무언가를 행하려 하지 않고 자연의 순리에 따라 행동하라."
        나로 산다는 것 · 87

20   "나는 마흔 살이 되고 나서야 비로소 마음이 흔들리지 않았다."
        부동심 · 91

21   "내면에 뿌리내린 것에 의지하여 마음이 흔들리지 않는 것을 호연지기라 한다."
        마음의 나무 · 95

22   "덕으로 사람을 매혹하면 진심으로 그 사람을 따르게 된다."
        진정한 영향력 · 100

23   "하늘이 내린 재앙은 피할 수 있으나 스스로 만든 재앙은 피할 수 없다."
        불행의 시작 · 103

24   "굳이 다른 사람을 부러워하며 따라가지 말라."
        포기의 기술 · 108

25   "사람의 병폐는 남의 스승이 되기를 좋아하는 데 있다."
인간의 본성 · 112

26   "모든 사람을 다 기쁘게 하려 한다면 날마다 아무리 애써도 부족하다."
불가능한 일 · 116

27   "떠나는 사람을 괴롭히고 끝까지 쫓는다면 이것은 원수를 만드는 일이다."
좋은 이별 · 119

28   "예의 같으나 진정한 예가 아니고 의로움 같으나 진정한 의가 아닌 것을 대인은 행하지 않는다."
진정한 예의 · 123

29   "바른 사람이 바르지 못한 사람을 바르게 길러주고 재능 있는 사람이 재능 없는 사람을 잘 길러주어야 한다."
함께 성장하는 것 · 127

30   "진정한 대인은 어린아이와 같은 순수한 마음을 잃지 않는 사람이다."
즐기는 삶 · 130

31   "됨됨이를 알려면 누구 집에서 머무는지를 보면 알 수 있고
먼 데서 오는 사람의 됨됨이는 그가 선택한 집주인을 보면 알 수 있다."
내가 머무는 곳 · 133

32   "벗을 사귀는 것은 그 사람의 덕을 사귀는 것이다."
벗의 기준 · 137

33   "무언가를 얻으려면 반드시 마땅한 예와 절차를 따라야만 한다."
시간과 인내 · 141

34   "우산의 나무는 본래 아름다웠지만 도끼로 찍혀 베였으니 다시는 아름다울 수 없다."
본래의 모습 · 145

35   "바둑을 두면서 백조를 쫓는 자는 결국 어느 것도 이루지 못한다."
몰입하는 힘 · 150

3장   "삶의 태도를 바르게 세우는 지혜 (처세, 處世)"

36   "내 구부러진 손가락을 펴줄 사람이 있다면 아무리 먼 나라까지라도 달려간다.
그러나 마음이 남만 못한 것은 전혀 싫어할 줄 모른다."
내면의 문제 · 156

37   "나무 기르는 방법은 알아도 자기 자신을 기르는 방법은 모른다."
나를 돌본다는 것 · 160

38 "위대한 것을 따르면 위대한 사람이 되고 작은 것을 따르면 작은 사람이 된다."
작은 욕망과 헌신하는 삶의 차이 · 163

39 "군주와 신하, 아버지와 자식, 형과 아우 사이에 마땅히 인의만이 있어야 할 뿐
굳이 이익을 논할 필요가 없다."
이익에 눈이 먼 시대 · 167

40 "운명이 아닌 것은 없다. 다만 그 운명에 순응하되 정당하게 받아들여야 한다."
운명의 이면 · 172

41 "스스로를 학대하는 사람과 말을 나눌 수 없고 스스로를 버린 사람과는 함께 일할 수 없다."
자포자기 · 175

42 "근심과 고난 속에서 살아남고 안일함 속에서 죽는다."
진정한 스승 · 178

43 "부귀로도 마음을 방탕하게 할 수 없고 빈천으로도 뜻을 바꾸게 할 수 없으며
위력과 무력에도 굴하지 않는 것이 대장부다."
사람의 품격 · 182

44 "위를 우러러 하늘에 부끄럽지 않고 아래를 굽어 사람에게 부끄럽지 않다."
양심과 당당함 · 186

45 "어진 사람에게는 세상에 적이 없다."
관계의 처세술 · 189

46 "가장 중요한 것은 뜻이고 뜻이 확고하면 기운이 그 뜻을 따른다."
뜻의 견고함 · 193

47 "법도를 무시하면 나라가 망하고, 인의를 무시하면 자기 자신이 위태로워진다."
절대 잃으면 안 되는 것 · 196

48 "군자는 사람을 깊이 신뢰하고 의지하지만 사람에게 구속되지는 않는다."
건강한 관계 · 200

49 "무엇을 해도 변하는 것이 없다면 자기 자신을 돌아보아야 한다."
문제의 정답 · 204

50 "남을 사랑하는 사람은 항상 남에게 사랑받고 남을 존경하는 사람은 항상 남에게 존경받는다."
사랑과 존경 · 207

1장 "자기 자신을 세우는 힘 (수양, 修養)"

"처음부터 삶이 어려운 것은 아니다. 그저 일정한 생업이 없기 때문이다."

- 맹자 -

■ 의지와 태도

등나라 임금인 문공이 맹자에게 백성을 다스리는 법을 묻자 맹자는 이렇게 답하였다.

"백성의 일을 가볍게 여겨서는 안 됩니다. 『시경』에도 흙덩이를 머리에 이고, 그 위에까지 손을 올리며 조심히 나아가라 했습니다. 처음부터 백성의 삶이 어려운 것이 아니라 백성이 어려움에 처하는 이유는 일정한 생업이 없기 때문입니다. 일정한 생업이 없으면 마음이 안정되지 못하고, 마음이 안정되지 못하면 올바름과 부끄러움을 지킬 수 없으며, 마침내 물러서서 수치를 아는 마음도 잃어버리게 됩니다. 이후에 형벌로 교화하려 한다면 이는 백성을 잡아서 악하게 만든 뒤에 그들을 형벌로 다스리는 것이니 어떻게 형벌을 잘 다스린다 하겠습니까?"

문공은 다시 물었다.

"백성에게 일정한 생업을 주지 않으면 그들을 도덕으로 이끌 수 없는가?"

그러자 맹자는 다시 답하였다.

"은나라 탕왕은 백성에게 일정한 때에 일을 시켜 일곱 날마다 하루는 쉴 수 있도록 했고, 주나라 무왕은 70세 이상 노인에게 곡식을 내려주고 고기를 먹일 수 있도록 했습니다. 백성들에게 부모를 봉양하게 하려면 스스로 생업이 있어야 하고, 자식을 기르게 하려면 여유가 있어야 합니다. 백성에게 일정한 생업도 없이 자식을 기르라고 하고 또 그들을 굶주리게 한 다음 도덕을 지키라고 한다면 이는 백성을 함정에 빠뜨리는 것입니다."

맹자와 문공의 이야기는 현대 사회에 시사하는 바가 크다. 요즘 사람들은 왜 이렇게 쉽게 무너지냐고 말하는 사람들이 많기 때문이다. 그들의 의견에 따르면 대부분의 사람들은 조금만 힘들어도 포기하고, 쉽게 지치고, 다들 자기 일 챙기기 바빠 보인다. 그런 모습을 보면서 이런 말을 덧붙인다.

"요즘 애들은 정신력이 부족해."
"노력하면 안 되는 게 없어."

맹자의 말처럼 일정한 생업이 없으면 마음이 안정되지 못하고 생활이 안정되지 못하면 마음도 지킬 수 없다. 살길이 보이지 않는데 어떻게 정의를 지키고 어떻게 무언가를 하겠는가. 오늘 하루 살아남는 것조차 버거운데 어떻게 사람답게 살아야겠다는 생각을 하겠는가. 결국 나의 마음을 가장 먼저 안정시켜야 한다.

내 생활을 잘 영위할 수 없는 상태에서는 아무리 곁에 있는 문제를 해결하려고 해도 잘 해결이 되지 않는다. 요즘 따라 웃는 게 줄고 별일 없는 날에도 괜히 짜증이 나고 괜찮다가도 문득 외롭고 허전할 때면 그런 생각을 한다.

"긍정적으로 생각하자. 어떻게든 긍정적으로 생각해 보자."

모두가 다 그런 상황에서 긍정적으로 생각하라고 말할 것이다. 그 말이 틀린 건 아니지만 마음 하나 챙기기도 벅찰 만큼 현실이 퍽퍽할 땐 그렇게 생각하는 것 자체가 오히려 더 부담이 된다. 통장 잔고가 넉넉하지 않으면 표정도 줄어든다. 아무리 밝은 표정을 하려고 해도 근본적인 문제가 해결되지 않으면 한계에 부딪힐 수밖에 없다. 다정하게 말하고 싶지만 생활비 걱정이 머릿속을 떠나지 않는데 어떻게 다정할 수 있겠는가.

다정함도, 인내도, 도덕도 다 타고나는 게 아니다. 사람답게 살 수 있어야 비로소 하나씩 생기는 것이다. 마음을 지키고 싶다면 먼저 삶이 지탱되어야 한다. 배가 고프면 도덕도 꿈도 자존감도 지키기 어렵다.

"남을 불쌍히 여기는 마음은 누구에게나 있다."

- 맹자 -

■ 요즘 필요한 것

지하철을 탔다가 따뜻한 장면을 목격했다. 한 대학생이 조용히 앉아 있다가 어르신이 지하철에 탑승하자마자 자리를 양보했다. 어르신은 학생에게 연신 고맙다는 말을 했지만 학생은 '금방 내려서 괜찮다' 하고 대답했다. 그 모습을 보는데 얼마나 마음이 따뜻해졌는지 모른다.

어느 비가 쏟아지는 하루, 도로에서 교통사고를 목격했다. 정류장 근처에서 교통사고가 났는데 차량이 움직일 수 없을 정도로 심각하게 파손됐다. 사고 당사자들은 사고 수습을 기다리면서 도로 밖으로 나와 있었는데 그때 한 사람이 달려가서 한 사고 당사자에게 우산을 씌워주는 것이 아닌가.

이런 일을 보면 괜히 마음이 따뜻해진다. 남을 불쌍히 여기는 마음은 누구에게나 있다는 맹자의 말이 쓰인 지는 수천 년이 흘렀다. 하지만 요즘 사람들은 서로의 아픔을 쉽게 지나친다. 누구에게나 있다고 생각했던 그 마음이 자꾸만 희미해지는 것만 같다. SNS에서 누군가가 힘들다고 말하면 관심받으려고 그러는 거냐며 비웃고 뉴스에서 안타까운 사연이 나와도 나도 저 사람만큼 힘들다는 댓글을 단다. 길에서 쓰러진 사람이 있어도 괜히 얽히기 싫어 모른 척 지나가고 누가 울고 있어도 괜히 피곤한 일이 생길까 봐 눈길조차 주지 않는다.

마음이 굳어가고 있다.

하지만 그 마음을 조금만 들여다보면 그 무심함은 진짜

'차가움'에서 비롯된 것이 아니다. 자신을 지키려다 보니 나온 거리 두기다. 세상이 너무 빠르고 거칠어지면서 나 하나 챙기기도 버겁다. 무언가에 마음을 쓴다는 것 자체를 에너지 낭비처럼 느낀다. 남을 도와주고 상처받을까 봐 혹은 내가 너무 지쳐 있어서 애초에 보이는 것도 보지 않기로 결심하고 만다.

남을 불쌍히 여기는 측은지심의 마음은 조금씩 무뎌진다. 그런 외면의 시간이 길어질수록 나의 에너지가 쌓이고 내 삶이 더 풍족해지는 것이 아니라 내 마음 안의 감각이 소실된다는 점이 큰 문제다. 타인의 눈물에 마음이 움직이던 것과 도움이 필요해 보이는 사람 앞에 먼저 다가갔던 그 마음은 사라진다. 침묵에 익숙해진다.

그런 침묵이 나를 더 풍요롭게 만들까? 정반대다. 그런 침묵은 나를 더 고립된 존재로 만든다. 함께 슬퍼해 주는 사람, 기꺼이 시간을 내어주는 사람, 잠깐이라도 내 마음을 헤아려주는 사람, 그런 사람이 사라진 세상에서 혼자 울고 혼자 견디는 법만 배운다.

측은지심은 지금 이 시대에 더 절실한 마음이다. 누군가를 돕기 위한 고귀한 마음이기 전에 내가 나를 위해서도 꼭 갖춰야 하는 기본값이다. 타인의 슬픔에 반응하는 능력, 나보다 약한 이를 향한 배려, 조금 느리게 걷는 이의 속도에 맞춰주는 일, 그런 사소하고도 따뜻한 감정이 나를 살아있게 만든다.

"하늘이 장차 어떤 사람에게 큰 임무를 맡기려 할 때는, 반드시 먼저 그의 마음을 괴롭게 한다."

- 맹자 -

■ 대운의 신호

삶이 이상해지는 시기가 있다. 이상해지는 시기는 보통 두 개의 결로 찾아온다. 첫 번째는 안 좋은 일이 겹쳐서 일어나는 것이다. 실수를 하고, 사람들과 다투고 몸까지 아프다. 하나만으로도 충분히 괴로운 일이 겹쳐서 도무지 일어설 틈도 없이 주저앉게 만든다. 두 번째는 아무런 사건도 없는데 감정이 흔들리는 것이다. 딱히 무슨 일이 있는 것도 아닌데 하루하루가 무겁고 지치고 외롭다.

어떤 방식으로 삶이 이상해지는 시기가 찾아오든 공통으로 겪는 일들이 있다. 친밀했던 관계가 이유 없이 어긋나고 잘 맞던 일이 갑자기 안 풀리기 시작한다. 그동안 내 삶을 지탱해 오던 리듬이 한순간에 흐트러지는 느낌. 이전의 나로는 더 이상 앞으로 나아갈 수 없다는 무언의 신호를 받는 것 같다.

그런 순간이 찾아오면 사람은 자신을 의심한다.
내가 뭘 잘못한 걸까? 내가 약해서 그런 걸까?

하지만 그런 시기를 겪는 것은 실패를 뜻하는 게 아니라 전환의 징조다. 삶이 다음 장으로 넘어가기 위해 반드시 거쳐야 하는 시간이다. 맹자는 말한다.

"하늘이 장차 어떤 사람에게 큰 임무를 맡기려 할 때는 반드시 먼저 그의 마음을 괴롭게 하고 그의 뼈마디를 지치게 하며 그의 몸을 굶주리게 하고 그의 삶을 어지럽힌다."

이 말은 보통 고통을 견디는 말로 해석하기 쉽지만 사실은 그런 뜻이 아니다. 단순한 위로가 아니라 삶의 원리를 설명하는 것이다. 무언가가 진짜 변하려면 반드시 혼란이 필요하다는 사실이다.

대운이 들어오기 전, 삶은 조용히 균열을 일으킨다. 익숙했던 감정이 낯설어지고 잘 버텨오던 일이 사소한 일에도 무너지고 아끼던 것들마저 내게서 멀어진다. 하지만 그건 사라지는 것이 아니라 정리되는 것이다. 정리를 해야 그 자리에 새로운 것이 들어올 수 있다. 맹자는 이어서 이렇게 말했다. "이는 그의 마음을 뒤흔들고, 성품을 단련시켜 지금까지 하지 못했던 일을 해낼 수 있게 하기 위함이다."

내가 겪는 고통은 무의미한 괴로움이 아니라 내가 더 단단한 사람이 되기 위한 훈련이다. 더 큰 그릇이 되기 위한 깎임이고 더 깊은 뿌리를 내리기 위한 흔들림이다. 생각해보면 내 삶에서 진짜 변화를 만든 순간들은 언제나 가장 외롭고 고통스러웠던 때에 찾아오지 않는가. 모든 게 잘 풀리는 순간이 아니라 모든 게 흔들리는 순간에야 비로소 나를 새롭게 쓰게 된다.

진짜 대운은 행운의 얼굴을 하고 오는 것이 아니라 삶을 어지럽히고 나를 흔들고 내가 놓지 못했던 것들을 놓게 만들면서 찾아온다. 그 혼란 속에서 우리는 이전에는 할 수 없었던 일을 할 수 있는 사람이 된다.

지금 삶이 낯설고 고통스럽다면, 그건 하늘이 나를 단련하고 있다는 뜻이다. 이 시간을 무너지지 않고 어떻게든 견뎌낸다면 그 끝에는 반드시 지금은 상상하지도 못했던 나의 모습이 기다리고 있을 것이다. 하늘이 나를 무너뜨리는 것이 아니라 다듬고 있는 것이다. 그러니 지금이 너무 어둡고 버거워도 그 안에서 조금씩 나를 키워가고 있다고 믿어도 좋다. 하루하루 견디고 있는 지금의 당신에게 이 말 하나는 꼭 전하고 싶다.

"하늘이 장차 어떤 사람에게 큰 임무를 내리려 할 때는 반드시 먼저 그의 뜻을 괴롭게 하고 그의 근육과 뼈를 지치게 하며 그의 몸을 굶주리게 하고 그를 빈궁하게 하며 그가 하던 일을 어지럽게 만든다. 이는 마음을 뒤흔들고 성품을 단련시켜 그가 이전까지 하지 못했던 것을 해낼 수 있게 하려는 것이다."

    대운은 그렇게 한껏 어두워졌을 때 아무도 모르게 조용
히, 그러나 분명하게 찾아온다.

04

" 규율 없이는 네모와 원을 그릴 수 없다. "

- 맹자 -

■ 흔들리는 마음

요즘은 모두가 자유롭기를 원한다. 누구도 자신의 삶에 간섭하는 것을 원하지 않는다. 자신이 하고 싶은 말은 꼭 해야 하며 자신이 원하는 방식으로 삶을 살고 싶어 한다. 이를 증명이라도 하듯 최근 몇 년간 정말 많은 직업이 탄생하지 않았는가. 자유롭게 사는 것을 응원받는 시대다.

"네 방식대로 해."

"네가 옳다고 느끼면 그게 옳은 거야."

"중요한 건 네 마음이야."

이런 말은 위로가 되어주고 때로는 용기가 되어준다.
하지만 과연 자신이 원하는 대로 사는 것이 진정한 자유
일까?

흔히 말하는 자유로운 삶이란 내가 내 삶을 스스로 선택
하면서 사는 것이다. 몸과 마음이 어딘가에 얽매여 있지 않
고 자유로운 상태를 뜻한다. 아무도 나를 막지 않으면 편하
다. 내가 선택한 방식이니까 실패해도 억울하지 않다. 하지
만 시간이 지날수록 묘하게 흔들릴 것이다. 어느 순간에는
무엇을 선택해야 할지 모르겠고, 어디로 가야 할지도 헷갈
리기 때문이다. 잘 살고 있는 것처럼 느껴지다가도 갑자기
모든 게 헷갈리는 이유는 기준이 없기 때문이다.

맹자는 말한다.

"눈이 아무리 밝아도 자와 컴퍼스 없이 네모와 원을 그릴
수 없고 귀가 아무리 예민해도 음계가 없으면 음악을 바로

잡을 수 없다."

이 말은 기준의 중요성을 상기시킨다. 네모와 원을 그리려면 자와 컴퍼스라는 기준이 있어야 하고 음악을 바로잡으려면 음계라는 기준이 있어야 한다. 마음이 이끄는 대로 살고 싶어 하지만 그보다 먼저 알아야 하는 것은 그 마음이 어디서 왔는지다. 정말 내 안에서 우러난 마음인지 아니면 보이는 것들에 휘둘려 생긴 충돌인지 알아야 한다.

기준이 없으면 마음은 어디로든 끌려갈 수 있다. 자유로운 삶의 함정이다. 자유는 바람 같지만 그 바람을 타는 돛과 방향키가 없다면 결국 어디에도 닿지 못하고 표류하게 된다. 기준이 있다는 것은 삶의 돛과 방향키를 만드는 것이다. 자유로운 삶이 표류에 그치지 않게 말이다.

우리에게 필요한 것은 한 치의 흔들림도 없는 삶이 아니다. 내 마음을 지탱해 줄 작지만 분명한 기준이다. 사람마다 자와 컴퍼스의 모양은 다를 수 있지만 누구에게나 자신만의 기준이 필요하다는 사실은 변하지 않는다. 그 기준은 누가 대신 정해줄 수 있는 것이 아니라 내가 살아가며 조금씩 찾아가는 것이다.

그러니 내 마음이 자꾸 흔들릴 때 그걸 부끄러워하지 말자. 그건 내가 아직도 나를 잃지 않으려 애쓰고 있다는 증거일지 모른다. 내가 진심으로 지키고 싶은 것. 흔들려도 놓치고 싶지 않은 단 하나, 그것만 있다면 우리는 결국 다시 앞으로 나아갈 수 있다. 마음이 흔들리는가? 그렇다면 나를 지켜줄 삶의 기준을 세워야 할 때다.

05

"아버지를 섬기는 일은 술과 고기를 챙기는 일보다 더 깊다."

- 맹자 -

■ **효의 의미**

사는 게 바쁘다 보면 하나둘씩 미루게 된다. 집 청소도 몰아서 하게 되고 가까운 사람들이 건네는 "얼굴 좀 보자"라는 말에 "다음에"라는 말로 답하게 된다. 내가 나를 다독이는 일 역시 줄어들기 시작한다. 사는 게 바쁘면 언제나 나와 가장 가까운 것부터 미루게 된다. 정신없는 나날을 보내다 부모님과 통화를 하고 나면 그런 생각이 들 때가 있다. 너무 오랜만에 전화를 드렸나?

우리는 어릴 때부터 효도해야 한다는 말을 듣고 자란다. 효(孝)라는 단어는 어느 순간부터 조금 낯설고 어딘가 부담스러운 단어가 되었다. 그래서 사람들은 자기 자신에게 가장 익숙하고 보편적인 방식으로 부모에게 사랑을 표현한다. 명절마다 얼굴을 비추고 시간이 나면 전화 한 통 드리고 용돈을 드리는 것이다. 그러면서도 마음 한구석에 의문이 남아 있다.

"이게 정말 효도일까?"

맹자는 부모를 섬기는 데 있어 가장 큰 일은 부모를 진심으로 섬기는 것이라고 강조했다. 형식만 남은 봉양이 아니라 마음과 뜻을 다해 부모를 대하는 것이 효라고 정의했다. 그 말은 큰 울림을 준다. 우리는 부모를 돌보는 행위를 의무로 배워왔기 때문이다. 어떻게 해야 효도를 하는 것인지 틀에 박힌 말만 들어왔을 뿐이다. 하지만 진정한 효는 억지로 하는 의무가 아니다. 나를 있게 해준 사람에 대한 본능적인 사랑의 방식이다.

나는 점점 더 어른이 되어가고 부모님은 점점 더 늙어간다. 내가 어릴 때 아프면 부모님은 나를 업고 병원으로 향하셨다. 그리고 이제는 쇠약해진 부모님을 내가 모시고 병원으로 가야 하는 날이 많아진다. 내가 부모님 옆에 앉아 의사가 하는 설명을 들어야 할 때가 온다.

부모와 자식의 역할은 바뀐다. 그 속에서 어떻게 부모님을 대해야 하는지 어려워하는 사람이 많다. 경제적 여유도 없고 육체적으로 돌보는 것은 부담스럽다. 그리고 무엇보다 바쁘게 지내다 보니 마음의 거리가 멀어져 있다. 부모와 떨어져 사는 자식들도 많고 한 지붕 아래 살면서 하루에 몇 번씩 마주쳐도 진심 어린 대화 한마디가 오가지 않는 날이 많다.

효의 개념은 시대에 따라 바뀐다. 절대적이지 않다. 표현, 방식, 정의 모든 게 달라지고 있지만 그럴수록 본질은 더 소중해진다. 가족이라는 울타리가 약해진 시대. 마음의 거리마저 멀어진 시대. 그 속에서 우리를 연결해 주는 가장 따뜻한 끈은 가족이다. 효는 말이 아니라 마음이다. 표현이 아니라 태도다. 거창하지 않아도 된다.

부모의 잔소리를 짜증 내지 않고 한 번 더 들어주는 일. 바쁘다며 지나치던 안부 전화 한 통 걸어보는 일. 요즘 먹고 싶은 건 없냐면서 다정하게 물어봐 주는 것. 이 모든 것이 효일 수 있다. 진정한 효도는 무엇을 하느냐보다는 어떤 마음을 품고 있느냐가 중요하기 때문이다. 완벽하게 잘하지 않아도 괜찮다. 모두 바쁘고 때로는 지치고 어떤 날은 마음의 여유조차 없으니까. 하지만 그 와중에도 마음에 자주 부모를 떠올리는 순간이 있다면 이미 효를 시작한 것일지도 모른다. 조금 부족해도, 마음은 닿는다.

06

"같은 방 안에 굶주리는 사람이 있는데 옆자리 배부른 사람이 음식을 나누지 않는다면 인이 없는 자다."

- 맹자 -

■ 나눔의 미학

예전에 그런 문화가 있었다. 이사 온 사람이 가볍게 떡을 맞춰서 이웃들에게 돌리면서 안부 인사를 하는 것이다. 아마 요즘 시대에 태어난 사람들에게 그런 문화가 있었다고 말하면 믿지 않을 수도 있다. 비슷한 문화로 우리 집에 무슨 일이 있으면 동네에 친한 사람 집에 가서 몇 시간씩 있다가 오고는 했었다. 반대로 이웃의 집에 무슨 일이 있으면 그 집의 자녀들이 우리 집에서 머물기도 했었다. 같은 동네, 같은 아파트에서 음식을 나눠 먹는 것은 문화라고 할 수 없을 만큼 빈번하게 일어났던 일이다.

요즘은 어떤가. 주변 사람들과 친하게 지내기는커녕 같은
동네, 같은 아파트에 살고 있어도 서로 데면데면할 때가 많
다. 이웃에 관한 관점이 시대가 지나면서 바뀌었다. 꼭 친하
게 지내야만 하는 존재에서 그러지 않아도 되는 존재로 개
념이 바뀌기 시작했다. 삶이 바쁠수록 타인을 돌아보는 일
에 인색해진다. 각자의 삶이 고단하고 버텨야 할 하루가 너
무 많다 보니 이런 마음이 앞선다.

"나도 여유가 없는데 누구를 어떻게 돕지?"

맹자는 말했다.

"지금 같은 방 안에 굶주리는 사람이 있고
그 옆에서 배부른 사람이 음식을 나누지 않는다면
그 사람은 인이 없는 자다."

이 말은 오늘을 사는 우리에게 그대로 닿는다. 요즘 시대

에 나눔이 부족해진 데에는 몇 가지 이유가 있다. 서로 연결된 듯하지만 정작 깊게 연결되지 못한 채 살아간다. 누군가의 일상을 쉽게 듣고 볼 수 있지만 진짜 그 사람의 마음을 묻는 일은 드물다. 또한 각자의 삶이 벅차다 보니 타인의 고통에 여유롭게 손 내밀 수 있는 사람이 줄어들고 있다.

더 근본적인 이유는 '개인'의 삶을 강조하면서 '공동체'를 잊고 있기 때문이다. 나만 괜찮으면 된다는 감정, 내 문제는 내가 해결해야 한다는 압박, 도움을 주는 것도 받는 것도 모두 조심스러운 시대. 이런 상황 속에서 나눔은 점점 멀어지고 있다.

그렇기 때문에 오히려 지금, 나눔이 더 절실하다고 볼 수 있다. 맹자가 말한 방은 단순한 물리적 공간을 뛰어넘는다. 같은 시대를 살고 같은 사회를 살고 있으면 같은 방 안에 있는 것과 마찬가지다. 내가 하루하루 버티면서 살고 있다면 다른 사람도 버티면서 살고 있다는 뜻이 된다. 어떤 이는 풍족하고 어떤 이는 부족하지만 누구나 각자의 싸움을 안고 살아간다.

이럴 때일수록 필요한 것은 엄청난 희생, 무조건적인 베풂이 아니다. 아주 작은 나눔, 한 걸음 먼저 다가가는 것 정도면 충분하다. 진짜 인간다움은 뭘까? 지식이 많고 논리가 정연한 사람? 목소리가 큰 사람? 아니다. 진짜 인간다움은 내가 가진 것으로 타인의 아픔을 조금 덜어줄 수 있을 때 드러나는 것이다. 곡식 한 알을 나눌 수 있을 때 나누는 사람, 작은 따뜻함을 아끼지 않는 사람 그 사람이야말로 가장 인간적인 사람이다. 마음을 열고 마음을 건네며 살아야 할 때다.

07

"불고기가 먹고 싶어지는 마음은 불고기 냄새를 맡았기 때문이다."

- 맹자 -

■ 외부와 내면

고자라는 사람이 맹자와 이런 대화를 나눴다.

고자: 타고난 자질을 일컬어 본성이라고 합니다.

맹자: 타고난 자질을 본성이라고 하는 것은 세상의 모든 흰색 사물을 보고 다 똑같다고 하는 것과 같습니다.

고자: 그렇소.

맹자: 흰 깃털의 흰색과 흰 눈의 흰색이 같고, 흰 눈의 흰색과 흰 옥의 흰색이 같다는 것입니까?

고자: 그렇소.

맹자: 그렇다면 개의 본성과 소의 본성이 같고, 소의 본성과 사람의 본성이 같다는 말인가요?

그러자 고자는 대답하지 못했다. 그러자 맹자는 이렇게 말을 이어나갔다고 한다.

"내가 지나가다가 어떤 사람이 구운 불고기를 먹는 것을 보았다고 해봅시다. 나 자신이 구운 불고기를 먹고 싶어지는 마음은 그 사람이 먹기 때문이 아니라 불고기 냄새를 맡았기 때문입니다. 이와 같이 외부에서 영향을 받아 일어나는 것과 내면에서 일어나는 것은 다른 것입니다."

맹자와 고자는 인간의 본성이 무엇인지에 대해 철학적 논쟁을 한 적이 있다. 고자는 본성을 타고난 자질로 보았기에 모든 사람은 생명체로서 같으니 본성도 동일하다고 생각했다. 하지만 맹자는 흰색이 모두 같다고 할 수 없듯 사람의 본성도 단순히 생명으로만 설명될 수 없다고 주장했다. 인간은 동물과 구별되는 도덕적 감정을 느낀다는 게 맹자의 주장이었다. 맹자의 믿음은 요즘 시대에 다시 질문을 던진다.

"여전히 인간의 본성은 선한가?"

사람들은 자기 삶을 지키는데 바쁘고 경쟁 속에서 살아남기 위해 점점 차가워진다. 뉴스에서는 이기심, 폭력, 혐오, 배제의 이야기가 넘쳐난다. 누군가는 이렇게 말한다. 요즘 사람들은 예전 같지 않다고. 세상은 점점 약해지고 있다고. 맹자는 이런 시대에도 여전히 인간은 선하다고 말할 것이다. 하지만 그 뒤에 한마디를 덧붙일 것이다. 선하지 않은 것이 아니라 선함을 키울 여유와 환경을 잃었을 뿐이라고.

맹자의 관점에서 보면 외부에서 비롯된 자극과 내면에서 자연스럽게 솟아나는 감정은 분명 구분되어야 한다. 불고기를 먹는 사람을 보고 나도 먹어보고 싶어진다면 그것은 단순히 모방이다. 외부에 대한 반응이다. 냄새를 맡고 나도 먹고 싶어졌다면 그건 내 안에 이미 존재하고 있던 어떤 욕구가 깨어난 것이다. 맹자는 인간의 선함도 이와 같다고 봤다.

외부 자극에 따른 반응은 일시적이고 상황 의존적이지만 내면에서 우러난 감정은 꾸준하고 일관되며 진실하다. 예를 들어 누군가 옆에서 착한 일을 하는 걸 보고 따라서 선한 행동을 하는 것과 스스로 아무도 보지 않는 곳에서 묵묵히 돕는 것의 차이도 여기서 생긴다. 맹자는 이 차이를 통해 '진짜 선'은 내면에 있고 그 내면의 힘이야말로 인간다움의 근거라고 봤다. 불고기 냄새는 단지 계기일 뿐 그 감각을 느끼는 주체는 결국 나 자신이다. 맹자의 사상은 우리에게 묻는다.

"당신은 지금 외부에 따라 반응하고 있는가?
아니면 당신 안의 마음이 반응하고 있는가?"

사람은 본래 누군가를 향해 마음을 열 준비가 되어 있는 존재다. 단지 너무 오래 다치고 너무 오래 혼자였고 자주 외면당한 경험이 그 마음을 닫아버린 것이다. 선한 마음을 키울 여유와 환경을 잃어버린 것뿐이다. 사람은 꽃과 같다. 햇빛과 물이 없으면 시들고 아무리 아름다운 종자여도 피어날 수 없다. 아무리 아름다운 종자를 지닌 사람도 따뜻한 시선과 다정한 환경 없이는 피어나기 어렵다. 선한 본성이 자라

날 수 있는 환경이 필요한 순간이다.

08

"말만 듣지 말고, 직접 가서 살펴보라."

- 맹자 -

■ 길라잡이

긍정적인 것과 부정적인 것 중에서 무엇이 힘이 더 강할까? 단언할 수 없다. 수많은 행복 사이에 불행이 하나만 껴 있어도 크게 느껴질 때가 있고 수많은 불행 사이에 행복이 하나만 껴 있어도 힘이 날 때가 있다. 상대적이기 때문에 쉽게 단언할 수 없지만 사람이라는 영역에 있어서는 부정적인 것이 더 크게 영향을 미칠 때가 많다. 한 사람을 통해 세상이 바뀌는 일은 드물어도 한 사람이 세상을 무너뜨리는 일은 종종 있다. 맹자가 제나라 왕과 나눈 대화는 그 면을 잘 보여준다.

　　맹자: 왕의 신하 가운데 어떤 이가 아내와 자식을 버리고 친구와 함께 초나라로 놀러 갔습니다. 그런데 그가 길에서 굶어 죽었습니다. 어찌해야 하겠습니까?
　　왕: 죽여야지요.
　　맹자: 토지 담당 관리가 토지를 다스리지 못하면 어떻게 해야 합니까?"
　　왕: 죽여야지요.
　　맹자: 만약 한 나라가 잘 다스려지지 않는다면 어떻게 해야 합니까?

　　맹자가 이렇게 묻자 왕은 이번에는 답을 하지 못하고 좌우를 돌아보며 다른 말을 꺼냈다고 한다.

　　맹자의 가르침은 왕, 통치자에 대한 이야기가 핵심 중 하나다. 하지만 단순히 왕이라는 위치에 해당하는 사람에게만 가르침을 줄 수 있는 것이 아니다. 세상을 살아가다 보면 때로는 그 누구라도 어느 위치에 올라서기 때문이다. 단순히 사회적으로 성공하거나 명예가 있는 것만 뜻하지 않는다. 선배는 후배에게 조언을 해주거나 길라잡이가 되어줘야 하는 순간이 있다. 부모는 자식에게 그런 역할을 하고 선생은 학생, 제자에게 그런 역할을 한다. 이 대목은 과연 '내가 누군가에게 길라잡이가 되어줄 때 어떻게 해야 올바른가'라는 질문에 대한 답이 되어준다. 왕은 백성의 길라잡이기 때문이다.

"만약 신하들이 모두 어진 자라면, 좌우 대부들도 모두 어질 것입니다. 좌우 대부가 어진 자가 아니라면, 백성들 또한 어진 자가 없을 것입니다. 백성들이 모두 어진 자가 아니면, 나라가 장차 위태로워질 것입니다. 그러니 말만 듣지 마시고, 직접 가서 살펴보십시오."

맹자가 가장 강조한 점은 바로 말보다는 태도, 가르침보다는 행동이 더 큰 울림을 준다는 것이다. 누군가의 길라잡이가 된다는 것은 먼저 가본 길을 알려주는 것만을 의미하지 않는다. 또한 누군가의 이야기를 듣고 자신이 생각하는 가장 올바른 결정을 대신 내려주는 것도 아니다. 그 중심에는 항상 자신이 직접 보고 느낀 것이 가장 중요해야 한다. 조언은 쉽게 할 수 있다. 그러나 자신이 직접 경험하고 가까이서 보고 듣고 판단한 조언은 깊이가 다르다. 올바른 길라잡이가 되려면 내가 먼저 바로 서야 한다. 이 말을 다시 적용하자면 자녀에게 올바른 것을 알려주기 위해선 내가 먼저 올바른 사람이 되어야 하고 학생, 제자에게 더 큰 뜻을 가르치고 싶다면 내가 그 뜻을 품을 만한 사람이 되어야 한다는 뜻이다. 내 뒤에 따라오는 사람, 혹은 나만을 바라보고 있는 사람에게 올바른 길라잡이가 된다는 것은 자신을 끊임없이 바로잡는 일이다. 누군가를 이끌기 전에 제일 먼저 이끌어야 하는 것은 나 자신이다.

09

"싸워도 못 이길 거면 땅을 버리고 이주하거나, 아니면 목숨 걸고 지킬 각오를 해야 한다."

- 맹자 -

■ 확실한 선택

어떤 사람과는 시간을 보내고 집으로 돌아왔을 때 찝찝하게 느껴질 때가 있다. 분명 괜찮은 사이였는데 어느 순간부터 묘하게 맞지 않는 느낌이다. 나도 모르는 사이에 많은 게 달라진 것처럼 느껴진다. 하지만 그런 관계를 쉽게 끊어내기란 어렵다. 옛정도 있고 좋았던 기억도 분명히 있기 때문이다. 어떻게든 관계를 이어 가보려고 하더라도 계속해서 남는 찝찝함은 어쩔 수가 없다.

버티는 것을 흔히 강하다고 표현한다. 끝까지 포기하지 않는 사람, 어떤 어려움 앞에서도 자리를 지키는 사람을 칭찬한다. 인간관계에서는 더 그렇다. 서로의 다름을 이해하려 노력하고 다시 믿고, 다시 기대며 어떻게든 관계를 지키려 애쓰는 사람을 귀하게 여긴다. 문제는 관계에도 유통기한이 있다는 것이다. 어떤 관계는 아무리 붙잡아도 더 이상 함께할 수 없다. 아끼는 마음과 상처 주는 마음이 뒤섞여 서로를 조금씩 무너뜨리는 관계는 힘이 없다. 한때는 서로의 힘이 되어 줬지만 이제는 서로의 짐이 되어버린다. 그럴 때 필요한 것은 확실한 선택이다. 그때의 확실한 선택은 버티는 것이 아니라 용기를 가지고 떠나는 것이다.

옛날 대왕은 오랑캐의 침략을 받았을 때, 기꺼이 땅을 버리고 다른 곳으로 옮겨갔다. 모든 체면과 자존심을 내려놓고 새로운 곳에서 터전을 일구었다. 지킬 수 없는 것을 끝까지 움켜쥐고 있었다면 나라도 잃고 사람도 잃었을 것이다. 오히려 살기 위해서 떠나는 선택을 했다. 맹자는 자신의 힘으로 막아낼 수 없는 상황에서 선택해야 한다고 강조했다.

"그 땅을 버리고 떠나 새로운 곳에서 다시 시작할 것.
혹은 그 땅을 지키기로 결심했다면 목숨 걸고 지킬 것."

관계에 있어서 대부분의 사람은 버티는 선택을 내린다. 하지만 버티는 것만이 용기가 아니다. 떠날 줄 아는 것도 버릴 줄 아는 것도 때로는 더 큰 용기가 있어야 가능하다. 모든 것을 지키겠다고 외치는 것보다 손을 놓는 쪽이 더 많은 아픔과 결단을 요구할 때도 있다.

살다 보면 누구나 그런 순간을 맞이한다. 붙잡고 싶은 자리, 지키고 싶은 관계, 버티고 싶은 꿈. 하지만 모든 힘을 다해도 지킬 수 없는 것이 있다는 걸 나의 깊은 내면은 알고 있을 것이다. 그럴 때 떠날 수 있는 사람은 약한 사람이 아니라 진짜로 중요한 것이 무엇인지를 아는 사람이다. 진정한 용기는 버티는 힘만이 아니다. 진짜 용기는 떠날 때를 아는 힘이다. 생명력이 다한 관계를 이제는 정리해야 할 때다. 그 무엇도 아닌 날 위해서.

10

**"어떤 일이 이루어지는 것도
이루어지지 않는 것도
하늘이 그렇게 하지 못하게 막는 것이다."**

- 맹자 -

■ 기다리는 힘

살다 보면 인생이 뜻대로 되지 않을 때가 많다. 애써 준비
한 일도, 진심을 다한 관계도 생각했던 방향으로 흘러가지
않는다. 그럴 때 본능적으로 누군가를 원망하거나 이렇게
말하고는 한다.

"세상이 왜 이렇게 불공평한 거지?"
"나만 이런가?"
"왜 이렇게까지 해야 하나?"

마음은 점점 더 조급해지고 견딜 수 없는 불안에 사로잡힌다. 그러나 조급함은 문제를 풀어주지 않는다. 문제를 바꾸거나 해결하지 않고 오히려 나를 더 흐릿하게 만든다. 급할수록 중심을 잃기 쉽다. 생각해 보면 인생은 결코 속도전에 의해 결정되지 않지만 한번 다급해지거나 불안하면 모든 게 다 꼬여버린다. 맹자는 그런 순간을 다르게 받아들였다.

어느 날, 맹자를 초청하려던 사람이 있었다. 그를 초청하려고 했지만 중간에 장창이라는 관리가 가로막아 결국 맹자는 중요한 자리에 초대받지 못했다. 주변 사람들은 분노했다.

"장창이 가로막지만 않았다면 선생님을 모셔 올 수 있었을 텐데요."

하지만 맹자는 조용히 답했다.

"어떤 일이 이루어지는 것도, 이루어지지 않는 것도
우리가 모르는 힘에 의해 그렇게 되는 것이다.
장창이 나를 가로막은 것이 아니라
하늘이 그를 통해 나를 막은 것이다."

자신을 가로막을 사람을 탓할 수 있었지만 어떤 상황에서도 누구를 원망하지 않았다. 맹자에게 있어서 중요한 것은 '왜 지금이 아닌가'를 묻는 것이 아니라 '아직 때가 아닌 지금, 나는 어떻게 있어야 하는가'였다. 이유가 없는 실패는 그 이유를 고민하게 만든다. 그때야 비로소 나에게 무언가가 깊게 남는다. 살면서 가장 견디기 어려운 순간은 무엇을 해야 할지 모를 때가 아니라 해야 할 일을 다 했는데도 결과가 나오지 않을 때다. 그때 스스로에게 물어야 한다.

"지금 이 기다림은 나를 소모시키는가? 아니면 다듬는가?"
"하늘의 뜻이 무엇인가?"

기다림은 단순히 시간을 흘려보내는 것이 아니라 나를 다듬는 시간이다. 급하게 움켜쥔 것을 내려놓고, 불안해하는 마음을 달래고, 작은 기회에도 민감해지지 않고 더 단단해지는 일이다. 맹자가 그랬듯 누구 탓도 하지 않고 누구에게도 조급해하지 않고 자신을 믿으며 기다려야 한다. 말로는 쉬워도 실제 삶에서는 어려울 것이다. 하지만 그 어려움을

견뎌낸 사람만이 세상의 문을 열 때 흔들림 없이 나아갈 수
있다.

　가장 깊은 힘은, 가장 조용한 기다림 속에서 만들어진다.

11

"어떤 이는 마음을 쓰고 어떤 이는 힘을 쓴다."

- 맹자 -

■ 삶이라는 집

사소한 일이든 큰일이든 누군가에게 부탁을 하는 것은 늘 어렵다. 메시지를 썼다가 지우고 몇 번을 반복해도 결국 아무것도 부탁하지 못할 때가 많다. 모든 일을 혼자서 다 해내야 한다는 생각에 자주 사로잡힌다. 혼자 힘으로 삶을 완벽하게 꾸려야만 비로소 어른이 되었다고 믿거나 타인에게 부탁하는 것을 약점이나 결함이라고 생각하는 경우가 많다. 힘들어도 도움을 청하지 못하고 작은 일 하나에도 스스로의 능력을 끝없이 시험하며 살아간다. 과연 그렇게 혼자 모든 일을 처리하는 것이 현명한 삶의 방식일까?

맹자는 일찍이 각자의 역할이 다르고 그 역할에 충실해야만 제대로 된 삶이 가능하다고 강조했다. 마음을 쓰는 사람은 마음을 다해 그 일에 집중하고 힘을 쓰는 사람은 힘을 다해 제 몫을 다해야 한다는 것이다. 서로 맡은 역할에 집중할 때 비로소 일이 순리대로 돌아가고 모든 사람에게 이로운 결과가 생긴다. 이는 개인의 삶에도 그대로 적용된다. 혼자 모든 일을 처리하겠다는 욕심은 얼핏 보면 강인하고 책임감 있는 모습 같지만 실상은 효율을 떨어뜨리고 삶을 불필요할 정도로 고단하게 만든다. 혼자 모든 일을 완벽히 하려고 하는 사람은 결국 자신이 가장 잘할 수 있는 본래의 일에 집중할 에너지조차 남지 않게 된다.

어떤 사람이 집을 짓는다고 상상해 보자. 그가 설계부터 토목, 목공, 전기까지 모든 공정을 혼자 하려고 든다면 결국 집을 제대로 지을 수 있을까? 물론 불가능하진 않겠지만 훨씬 더 많은 시간과 에너지를 소모하게 될 것이다. 자신이 원래 해야 하는 일에 집중하지 못하고 수많은 시행착오를 반복하다 보면 결국 완성된 집은 전문가들에게 맡겨 지은 것보다 부실하거나 만족스럽지 못할 가능성이 높다.

삶이라는 집도 마찬가지다. 각자가 가장 잘할 수 있는 일에 집중하고 주변의 도움을 받으며 해결할 때 삶은 훨씬 더 만족스러워진다. 이때 가장 중요한 것은 '모든 것을 다 잘할 수 없다'라는 사실을 인정하고 부족함을 타인에게 맡기는 용기를 갖는 것이다. 맹자의 말처럼 자신이 마음을 써야 할 일인지 아니면 힘을 써야 할 일인지를 정확히 구별하고 분업할 수 있어야 한다.

타인에게 도움을 요청하는 건 나의 부족함을 드러내는 일이 아니라, 오히려 나를 더 건강하고 행복하게 만드는 용기 있는 행동이다. 누구도 혼자 모든 것을 완벽히 해낼 수 없으며 그럴 필요도 없다. 서로에게 기대고 나누며 살아갈 때 비로소 삶의 무게는 가벼워지고 마음의 온기는 더해진다. 작은 용기를 내어 먼저 손을 내밀어 보자. 그 손을 기꺼이 잡아줄 사람이 분명 내 곁에 있을 테니 말이다. 그렇게 우리는 혼자가 아닌 함께 살아가는 법을 배우게 된다.

12

"백성이 마음으로 따르는 나라는 아무리 강대국이라도 두렵지 않다."

- 맹자 -

■ 가장 중요한 것

세상은 힘센 자가 승리하는 것처럼 보인다. 큰 나라가 작은 나라를 이기고 목소리 큰 사람이 조용한 이들을 눌러버리는 것처럼 보인다. 하지만 맹자는 다르게 생각했다. 진짜 강함은 단순한 힘이나 규모에 있지 않고 마음을 얻는 데서 온다고 생각했다.

맹자가 살던 시대에 약소국이 강대국을 이긴 경우가 있었다. 그때 제일 중요했던 것은 백성들의 지지였다. 오히려 군사를 일으키자 백성들은 왜 이제야 그런 선택을 내렸냐면서 환영할 정도였다. 보통 군사를 일으키는 것을 좋아하는 백성은 없는데 끈끈한 믿음으로 오히려 환영한 것이다.

믿음은 단순히 사람과 사람 사이의 신뢰만을 뜻하지 않는다. 믿음은 모든 연결의 시작이고 모든 관계를 이어주는 보이지 않는 끈이다. 믿음은 인간관계의 가장 깊은 시초다. 친구 사이에도 연인 사이에도 가족 사이에도 신뢰가 없으면 아무리 말을 많이 주고받아도 관계가 무너진다. 신뢰가 없으면 아무리 오랜 시간 함께해도 무너진다. 말보다는 먼저 믿음이 있어야 하고 함께한 세월보다도 신뢰가 있어야 하고 행동보다도 지지가 있어야 한다.

"나는 누구에게 믿음을 받고 있는가?"
"나는 누구에게 믿음을 주고 있는가?"

이 부분에 대해서 생각해 보지 않을 수 없다. 아무리 작은 나라라도 백성의 마음을 얻으면 그 무엇도 두렵지 않다고 했는데 과연 나는 누군가의 믿음에 얼마나 부응하고 있을까? 또 내가 믿고 있는 그 사람은 나의 믿음에 얼마만큼 부응하고 있을까?

믿음은 눈에 보이지 않는다. 손에 쥘 수도 없고 수치로 계산할 수도 없다. 그렇기에 많은 사람이 어떤 물질로 믿음을 구축하려는 경향을 보일 때가 있다. 선물을 건네거나 강압적인 힘으로 구축하려 하거나 강요를 하려고 한다. 하지만 믿음을 얻는 일은 쉽지 않다. 시간이 필요하다. 일관되어야 하며 진심이 필요하다. 믿음은 관계를 버티게 하는 기둥인데, 이 기둥은 오직 진심으로만 쌓을 수 있다.

우리가 누군가를 믿게 되는 순간을 떠올려보면 알 수 있다. 말 한마디가 아니라 함께한 시간 속에서 드러난 일관성 때문에 믿음이 쌓인다. 작은 약속을 지키는 태도, 보이지 않는 곳에서도 같은 마음을 지키는 모습에서 믿음이 쌓인다. 믿음이 쌓인 관계는 거센 바람에도 무너지지 않는다. 믿음이 쌓인 마음은 잠시 흔들려도 다시 돌아온다. 세상을 살아가다 보면 결국 남는 건 믿음뿐이다.

13

" 하늘이 세상을 뒤집을 때는 순식간에 변한다.
아무리 지혜롭고 재능이 뛰어나도
때를 만나지 못하면 뜻을 펼칠 수 없다."

- 맹자 -

■ 능력과 운명

인터넷을 조금만 돌아다녀 봐도 쉽게 볼 수 있다. 어떻게
하면 특정 능력을 기를 수 있는지 온갖 정보가 넘쳐난다. 미
디어가 발달하고 세상이 변하면서 온갖 교육이 쏟아지고 있
다. 그 교육을 조금만 파고들면 알 수 있다. 대부분 '능력'을
기르는 것에 초점이 맞춰져 있다는 것을. 어떻게 하면 더 일
을 빨리할 수 있는지 어떻게 하면 더 많은 돈을 벌 수 있는
지 어떻게 하면 사람들을 더 끌어당길 수 있을지에 관한 이
야기가 수두룩하다.

과연 능력이 인생의 전부일까? 그렇다면 세상은 더 단순했을 것이다.

노력하는 사람은 모두 성공하고 능력을 기르는 사람은 실패할 일이 없을 것이고 뛰어난 사람은 누구나 인정받고 묵묵히 자신의 길을 걷는 이들은 반드시 빛났을 것이다. 그러나 세상은 그렇게 단순하지 않다. 어떤 이는 분명히 능력이 있지만 때를 만나지 못해 이름 없이 사라지고 어떤 이는 실력보다 시대의 흐름을 타고 크게 성장한다. 때로는 운명이 능력을 앞서고 때로는 능력이 운명을 기다려야 한다. 그렇다면 이 대목에서 다시 질문하게 된다.

"능력도 운명도 모두 내 뜻대로 되는 게 아니라면
나는 무엇을 기준으로 살아야 할까?"

능력이 출중하든 운명의 시간을 맞이하든 변하지 않는 것이 있다. 그건 바로 누구나 빛나지 못하는 시간을 보낸다는 것이다. 능력도 중요하고 운명도 중요하다. 하지만 그것들은 모두 '언젠가'를 위한 것이다. 그 언제를 위해서 반드시 겪을 수밖에 없고 반드시 지나가야만 하는 시간은 나 스스로가 빛나지 않다고 생각되는 그 시절이다.

내가 아무리 애쓰고 아무리 준비되어 있어도 세상이 나를 몰라주는 시간은 반드시 존재한다. 그 시간은 잔인하다. 아무도 박수치지 않고 아무도 바라봐주지 않는다. 심지어 나 자신마저 나를 흔든다. 끊임없이 스스로의 재능을 의심하고 자격을 반추한다. 그러나 그 시간은 결코 헛되지 않는다.

빛나지 못한 시간을 잘 보내야만 운명을 맞이할 수도 능력을 기를 수도 있다. 성공은 한순간의 결과처럼 보인다. 그 결과는 기다릴 수 있는 사람은 오로지 빛나지 않는 시간을 제대로 통과한 사람이다. 그런 사람에게 기회가 찾아오면 하늘이 바뀌듯 단 한 번에 삶이 통째로 바뀐다. 내가 이렇게 거대한 일을 하기 위해서 그토록 움츠렸구나 하는 순간이 반드시 찾아온다. 그런 순간을 맞이하기 위해서는 마음속에 새겨야 한다.

지금 이 시간이 나를 초라하게 만들어도

지금 이 시간이 나를 세상에서 가장 보잘것없게 느끼게
해도

　나의 가치와는 아무런 상관이 없다는 것을.

　빛나지 않는 시간을 잘 보내야 빛난다. 하늘이 세상을 뒤
집을 때는 순식간에 변한다.

14

"물길을 바로 잡아 수로를 터주면 흙탕물이 맑아지고, 뱀과 용이 쫓겨나며 사람들이 거주할 수 있다."

- 맹자 -

■ 본질의 의미

무언가를 평가하는 데는 겉에서 보이는 외부적인 기준이 많은 영향을 미친다. 큰 목소리, 화려한 말솜씨, 눈에 띄는 성과, 가끔은 그런 것들이 진짜 중요한 것처럼 보이기도 한다. 빠르고 큰 배가 있다고 가정을 해보자. 화려하고 또 화려해서 몇백 명은 태우고도 남는 배다. 그 배가 아무리 빠르게 달려도 방향이 잘못됐다면 목적지에 다다를 수 없다. 배를 사람에게 적용해 보면 비슷하다. 어디로 가야 하는지, 본질이 무엇인지 놓친 상태로 외부적인 기준에만 몰입해서 살다 보면 인생이 암울해진다.

맹자는 물이 튀고 퍼지며 넘쳐서 뱀과 용이 거주하고 썩은 풀과 진흙이 쌓인 곳이 있을 때 필요한 건 물길을 바로 잡아 수로를 터주는 거라고 했다. 물길을 바로 잡아서 수로만 터줘도 흙탕물이 맑아지고 모든 것이 다 제자리로 돌아온다는 것이다. 물이 막혀 있는 곳에 필요한 건 수로를 터주는 것. 결국 인생은 본질이 중요하다는 의미다.

사람도 마찬가지다. 삶이 어지럽고 관계가 흔들리고 세상이 무너질 때 진짜 문제는 표면에 있지 않다. 본질을 잡지 않으면 겉을 아무리 치장하고 그 어떤 노력을 하더라도 조금만 바람이 불어도 무너진다. 물이 방향을 잃으면 고여서 썩듯이 삶도 방향을 잃은 상태에서 오래 해결하지 못하면 썩는다. 인생이 힘들 때, 인간관계가 꼬일 때, 하던 일이 잘 안 풀릴 때 이렇게 해야 한다, 저렇게 해야 한다는 등 온갖 조언의 말이 넘쳐난다. 하지만 그 많은 말들 가운데 본질을 파악해서 진짜 길을 열어주는 말은 드물다. 삶이 어지러울 때 가장 먼저 해야 하는 일은 '과연 어디의 물길을 바로 잡아야 하는가?' 라는 질문에 답하는 것이다.

그리고 그 질문에 대한 답은 타인이 내려줄 수 없다. 내 삶은 내가 가장 잘 알기 때문이다. 그 어떤 외부적인 조건도 중요하지 않다. 각자의 삶에서만 적용되는 물길이 따로 있다. 지금 나에게 필요한 물길은 무엇인가 고민해 볼 때다. 어떤 물길을 터줘야 내 삶의 흙탕물이 잠잠해질 수 있는지에 대한 정답은 내 안에 있다.

15

" 망하는 것은 외부에서 침략해서가 아니라 스스로 내부에서 무너지기 때문이다. "

- 맹자 -

■ 기준의 중요성

역사를 공부하는 것. 최소 수천 년은 된 철학을 공부하는 것. 이 모든 행위의 의미는 비슷하다. 과거의 사건과 지혜를 통해 현대 사회에 도움이 될 만한 것을 배우기 위해서다. 과거의 역사를 들여다보면 흔히 볼 수 있는 것이 있다. 아무리 강대국이더라도 많은 나라가 외부의 침략에 의해서 멸망하지 않았다는 것이다. 물론 외부의 침략이 아예 없었던 것은 아니지만 그들이 멸망하게 된 가장 큰 이유 중 하나는 침략보다는 내부의 부패와 붕괴였다. 대부분의 나라는 스스로

붕괴했다.

많은 사람이 무엇인가가 망할 때 외부의 압박이나 예기치 않은 사건 등으로 몰락한다고 생각한다. 하지만 대부분 버티지 못하는 것은 내부다. 기준이 사라지고 옳고 그름이 흐려지고 공정함이 뒷전으로 밀리기 시작할 때 비극은 시작된다. 경제적인 어려움, 외세의 침략, 전쟁 그 무엇도 진짜 비극이 아니다. 이러한 개념은 국가라는 단어를 공동체로 바꾸고 공동체라는 단어를 인간관계로 바꿔도 그대로 적용된다. 나 자신에게 역시 그대로 적용된다.

모든 것이 깨지는 건 기준이 사라질 때다. 가까운 관계가 깨지는 것도 마찬가지다. 처음에는 사소한 것처럼 보인다. 작은 거짓말, 가벼운 배신, 책임을 회피하는 행동 등. 하지만 그런 일이 반복될수록 관계의 토대는 조금씩 균열이 가기 시작한다. 거창한 사건으로 한순간에 무너지는 것보다 눈에 보이지 않는 내부 기둥이 삭아가면서 무너진다.

나 자신도 똑같다. 내가 어떤 기준을 세우고 삶을 잘 살고 있었는데 주변에서 잘된 사람을 보면서 흔들리는 순간 나의 기준이 무너진다. 원래 나의 기준이었으면 하지 않았을 행동을 기꺼이 하게 된다. 요즘처럼 모든 것이 빠르게 변하고 가치가 끊임없이 흔들리는 시대에는 기준을 지킨다는 것이 더 어렵다.

SNS를 켜면 매일 누군가는 성공을 자랑한다. 누군가는 새로운 기준을 내세우고 어제의 정의를 뒤엎는다. 시대의 소음은 너무 크고 변화의 속도는 빠르다. 이럴 때일수록 스스로 세운 기준을 더욱 단단히 붙들어야 한다.

잠시 흔들릴 수 있다. 남들과 비교하면서 초조해질 수도 있다. 남들이 가는 방향이 더 쉬워 보이고 더 화려해 보일 수도 있다. 하지만 그런 순간에야말로 스스로를 다잡아야 한다. 기준을 잃는 순간 나는 더 이상 나 자신이 아니다. 남들에게 이끌려가면서 사는 삶에는 나도 없고 자유도 없다. 기준을 지킨다는 것은 고독한 일이다. 쉽지 않고 외로울 수 있다. 기준을 지키지 않는 삶은 쉽게 무너지지만 기준을 지키는 삶은 천천히 단단해진다. 관계도 나 자신이 한 사람으로 인생을 살아가는 것도 모두 같은 원리가 적용된다.

　역사를 배우는 것도 철학을 배우는 것도 결국 이걸 잊지 않기 위해서다. 외부의 침략이나 예기치 못한 사건보다 스스로 안에서 무너지는 것이 가장 두려운 일이라는 것을. 흔들리는 세상 속에서도 나를 나로 지켜내는 것. 흔들리지 않는 내 안의 기준을 지키는 것. 지금 시대에 꼭 필요한 마음가짐이다.

16

" 사람이 하는 말에 근거가 없는 것은 좋지 않다. "

- 맹자 -

■ **말의 무게**

누구나 말을 할 수 있지만 모두가 말을 잘하는 것은 아니다. 맹자의 관점에서 말을 잘한다는 것은 폭넓게 배운 사람이 상세히 설명하기 위해 간략하고 명료하게 말하는 것을 뜻한다.

흔히 사람들은 많이 아는 것이 곧 말을 잘하는 거라고 생각한다. 그러나 정말 말을 잘하는 사람은 단지 지식이 많은 사람이 아니라 그 지식을 간단명료하게 상대에게 전달하여 상대방의 이해와 공감을 이끌어내는 사람이다. 지식이 많을수록 사람들은 오히려 더 많은 정보를 나열하고 더 복잡한 표현을 써서 자신이 알고 있는 것을 자랑하려는 경향이 있다. 그러나 이런 말은 결국 듣는 이의 마음에 가닿지 못하고 공허한 울림으로 끝나는 경우가 많다. 진짜 의미 있는 말은 늘 간단하고 명료하며 마음 깊이 다가오는 법이다.

맹자는 또한 근거 없는 말이 지닌 위험성을 지적하며 말했다.

"사람이 하는 말에 근거가 없는 것은 좋지 않다. 그런 좋지 않은 말의 결과는 현인의 앞을 가로막는 것이 바로 그에 해당한다."

여기서 맹자가 말하고자 하는 것은 말이 가진 무게와 책임이다. 사람들은 때때로 가벼운 마음으로 말을 하지만 그 한마디 말이 누군가의 인생을 뒤흔들 수 있다. 특히 근거 없는 비난이나 소문, 비판이 담긴 말은 다른 사람의 가능성과 미래를 망가뜨릴 수 있다.

현대 사회는 누구나 말을 쉽게 던질 수 있는 시대가 됐다. 하루에도 수천, 수만 개의 말이 쏟아져 나온다. 쉽게 작성하고 쉽게 삭제할 수 있는 말은 때로 너무 가벼워서 그 무게감을 느끼지 못하는 경우가 많다. 하지만 쉽게 던진 한마디가 누군가의 평판과 신뢰, 심지어는 삶을 송두리째 흔들 수 있다.

결국 좋은 말이란 '근거'를 가지고 있고, 듣는 이가 이해하기 쉬우며 간략하고 명확한 것이다. 많은 말이 오가는 시대일수록 맹자가 제시한 이 두 가지 원칙을 지켜야 한다. 명료하고 근거 있는 신중함을 반드시 기억해야 한다. 말이 가진 영향력과 책임감을 의식하는 것은 단순히 좋은 대화를 위해서가 아니라 우리가 살아가는 사회를 더 건강하게 만들기 위한 필수적인 자세다.

말은 언제나 책임과 무게를 지닌다. 매일 내뱉는 한마디 한마디는 누군가에게 상처가 될 수도 누군가에게는 힘과 위로가 될 수 있기에 내가 하는 말은 늘 단단한 근거 위에 서있어야 하고 진심 어린 소통을 위해 간결하고 명확해야 한다. 맹자가 우리에게 전하는 시대를 초월한 말의 지혜다.

2장 " 함께 살아가는 힘 (공존, 共存) "

"활쏘기를 배울 때 활쏘기의 도리를 터득한 뒤에 화살을 쏜다.
올바른 활쏘기란 그런 것이다."

- 맹자 -

■ 관계를 위한 책임

사람에게는 본능이 있다. 그 본능은 주변 사람에게 좋은
사람이 되고 싶은 마음이다. 좋은 친구, 좋은 연인, 좋은 배
우자, 좋은 지인이 되고 싶어 한다. 도움이 필요하다는 말이
들리면 자연스럽게 나서야 할 것 같고, 힘든 일이 생겼다고
하면 어떻게든 옆에 있어야 할 것 같다. 특히 평소에 신세를
졌던 사람이라면 더 그렇다.

"내가 이번에 돕지 않으면 나쁜 사람처럼 보이겠지?"

하지만 가끔은 이런 좋은 사람이고 싶은 마음이 우리를 잘못된 선택으로 이끌기도 한다. 만약 내가 며칠 동안 야근과 스트레스에 시달린 상태에서 겨우 주말이 됐다고 가정해 보자. 온몸이 피곤하고 정신적으로 지쳐 있는 상태다. 그런데 그때 지인 혹은 친구에게서 연락이 온다.

"혹시 시간 되면 이사 좀 도와줄 수 있어?"

돕고 싶은 마음이 들지만 솔직히 말해서 지금 상태로는 박스 하나 들기가 힘들다. 몸을 움직이는 것만으로도 버거울 것 같다. 이럴 때 대부분의 사람들은 죄책감을 느낀다. 내가 힘든 걸 친구에게 말하면 변명처럼 들리지 않을까? 혹시 나를 이기적이라고 생각하면 어떡하지?

결국 억지로 몸을 이끌고 나가서 겨우겨우 이사를 도와준다. 문제는 이미 내가 지쳐 있다는 것이다. 몸도 힘들고 마음도 지쳐 있기에 작은 말에도 예민해지고 표정은 굳는다. 나중에는 괜히 서운함까지 느낄 수 있다. 돕고 싶었던 마음은 어딘가로 사라지고 후회만 남는다. 애초에 이럴 거면 도와주지 말 걸.

맹자는 말했다.

"할 수 있다 해서 반드시 해야 하는 것은 아니다."

활쏘기의 도리를 먼저 터득한 뒤에 화살을 쏜다는 것은 무언가를 하기 전에 먼저 해야 하는 것이 있다는 것이다. 남을 돕거나 좋은 사람이 되기 이전에 먼저 해야 하는 것은 지금 내 상태가 최선인지 냉정하게 판단하는 것이다. 친구를 돕는 것도 좋은 사람이 되는 것도 나를 지키는 것도 결국 '내가 어떤 상태에 있는지'를 정확히 볼 수 있을 때 비로소 제대로 할 수 있다.

진짜 좋은 친구, 진짜 좋은 지인이란 힘든 상황에서도 무리해서 도와주는 사람이 아니라 서로의 상태를 이해하고 존중할 수 있는 사람이다. 그러니 때로는 이렇게 말할 줄 알아야 한다.

"미안해. 지금은 내 몸이 너무 안 좋아서 도와주기 어려울 것 같아."

솔직하고 부드럽게 상황을 설명할 수 있어야 한다. 이렇게 말하는 것은 관계를 포기하는 것도 책임을 회피하는 것도 아니다. 오히려 좋은 관계를 더 오래 건강하게 이어가기 위한 선택이다.

때로는 '하는 것'보다 '하지 않는 것'이 더 큰 용기이고 더 깊은 배려다.

18

"절세미인인 서시도 오물을 뒤집어쓰고 있으면 사람들이 모두 코를 막고 그냥 지나간다."

- 맹자 -

■ 겉모습보다 중요한 것

상대방의 인품이 어떤지 판단하는 기준 중에 많은 사람이 동의하는 것이 있다. 식당이나 편의점, 주차장에서 직원에게 대하는 태도를 보는 것이다. 그런 순간에 사람을 대하는 건 굉장히 찰나에 이뤄진다. 그렇기 때문에 더 쉽게 그 사람의 본모습을 볼 수 있다. 아무리 말로는 직업에 귀천이 없다고 떠들어대던 사람이더라도 정반대의 마음을 품고 있다면 티가 난다. 자신도 모르는 사이에 가볍게 이야기하고 행동할 것이기 때문이다. 이처럼 타인을 겉모습이나 사회적 지위로 판단하는 사람은 결국 자신의 내면을 숨기지 못한다.

맹자는 아주 간결한 한 문장으로 이 진실을 꿰뚫었다.

"절세미인인 서시도 오물을 뒤집어쓰고 있다면, 사람들은 코를 막고 그냥 지나칠 것이다. 하지만 설령 외모가 추한 사람이더라도 깨끗하게 목욕하고 단정하게 차려입는다면 제사를 지내는 상제에게도 제사를 올릴 수 있다."

서시는 춘추시대에 이름을 떨친 절세미인이다. 하지만 아무리 아름다운 사람이라도 준비되지 않고 지저분한 모습으로 나타난다면 사람들은 외면할 수밖에 없다. 반대로 외모가 뛰어나지 않더라도 단정한 태도와 성실한 준비가 있다면 오히려 사람들에게 존중받을 수 있다.

이 이야기는 외모나 지위 같은 겉모습만으로 사람을 판단하는 것의 어리석음을 경계한다. 또한 내가 어떤 사람인가를 결정짓는 것은 나의 태도, 나의 준비라는 사실을 일깨워준다. 때로는 화려한 외형을 가꾸는 데만 집중한다. 좋은 옷을 입고 그럴듯한 배경을 만들고 멋진 경력을 내세운다. 하지만 진짜 중요한 것은 가장 사소한 순간에 드러나는 나의 태도다. 아무리 좋은 옷을 입더라도 거칠게 말하고 행동한다면 사람들은 옷이 아니라 태도를 기억한다. 아무리 화려한 이력을 가지고 있어도 기본을 무시한 사람에게는 신뢰가 쌓이지 않는다.

반대로 겉으로 드러나는 조건이 다소 부족해 보여도 늘 단정히 자신을 가꾸고, 타인을 존중하며, 스스로를 소중히 여기는 사람은 시간이 지날수록 빛을 더하게 된다. 세상은 늘 겉을 먼저 보지만 결국 오래 남는 건 겉이 아니라 속이다. 그리고 그 깊은 내실은 작은 태도, 작은 습관, 작은 마음 씀씀이에서 드러난다. 진짜 아름다움은 외모가 아니라 항상 준비된 마음과 진심을 다하는 태도, 타인을 존중하는 마음에서 온다. 결국 사람들은 그런 사람을 알아본다.

19

"억지로 무언가를 행하려 하지 않고 자연의 순리에 따라 행동하라."

- 맹자 -

▪ 나로 산다는 것

살다 보면 지금까지 해왔던 방식대로 살면 더 나은 삶을 살 수 없을 것 같은 기분이 들 때가 있다. 우리는 살아가면서 자주 '나를 고쳐야 한다'는 압박을 느낀다. 조금 더 열심히 살아야 할 것 같고 조금 더 활발하거나 차분해야 한다고 생각한다. 주변의 기대와 사회적 기준에 미치기에는 지금의 나로는 부족하다는 생각이 자연스럽게 스며든다.

억지로 나를 바꾸려고 하기 시작한다. 억지로 다정해지고 억지로 냉정해지며 억지로 남들처럼 되려고 애쓴다.

하지만 만물의 본성은 자연스러움에 있다. 억지로 방향을
바꾸면 흐트러진다. 물은 스스로 흘러간다. 누구의 지시도
그 어떤 억지도 필요 없다. 그저 자연스러운 흐름을 따라 가
장 낮은 곳으로 향할 뿐이다. 억지로 물길을 꺾으려 하면 물
은 길을 잃고 흐르지 않게 된다. 사람도 그렇다. 억지로 변
하려 하면 오히려 본래의 자신을 잃는다. 진짜 중요한 것은
나의 모습을 유지한 상태로 나답게 사는 것이다.

나답게 살아간다는 것은 나의 성향과 가치관을 있는 그대
로 받아들이고 존중하는 것이다. 나답게 살아가는 사람은
남들이 정해놓은 기준에 맞추기 위해 자신을 바꾸는 데 에
너지를 쏟지 않는다. 대신 자신이 어떤 사람인지 알고, 자신
이 좋아하는 것과 싫어하는 것을 분명히 하며, 그것을 충실
히 따라가면서 산다. 그렇게 살 때 삶의 방향과 속도를 스스
로 정할 수 있게 된다. 그 누구에게도 휘둘리지 않고 억지로
무언가를 하지 않는다. 외부 평가에 흔들리지도 않는다.

나답게 산다는 것은 쉬운 일이 아니다. 대부분 주변 사람들의 기대나 사회의 기준에 맞추어 살도록 교육받고 익숙해져 있다. 그렇기에 자신이 누구인지 진정으로 알아채고 그것을 고수하며 살아가기 위해서는 꽤 많은 용기가 필요하다. 타인의 기준에 맞추지 않고 나답게 살아가면 당장은 외로울 수도 있고 어색할 수도 있다. 주변 사람들이 나를 이상하게 생각할 수도 있다.

하지만 그럼에도 불구하고 나답게 살아가는 삶은 가치가 있다. 나답게 살아가는 사람들에게는 특별한 평온함이 있다. 그것은 남들이 칭찬하거나 비난하는 것에 따라 흔들리지 않는 내면의 안정감이다. 내가 선택한 길에서 겪는 성공과 실패는 온전히 나의 몫이 된다. 누구의 탓도 하지 않고 누구에게도 책임을 돌리지 않을 때 진정으로 자유로워진다.

자신의 속도를 인정하고 자신의 결을 따라 살자. 삶에서 진정 중요한 것은 얼마나 많은 것을 얻었는지가 아니다. 얼마나 다른 사람의 기준에 맞춰서 살았는지도 아니다. 얼마나 나답게 살았는지다. 내 삶의 주인으로 살아갈 때 내 삶은 온전히 빛난다.

20

" 나는 마흔 살이 되고 나서야
비로소 마음이 흔들리지 않았다. "

- 맹자 -

■ 부동심

마음이 흔들린다. 주변 사람의 한마디 말에도 하루가 흔들리고, 예기치 못한 작은 사건에도 쉽게 중심을 잃고 만다. 분명히 괜찮았던 날도 누군가의 눈치 없는 말 한마디에 마음이 흔들리며 무너져버린다.

마음이 흔들리는 이유는 다양하다.

타인의 평가에 민감하기 때문일 수도 있고 아직 삶에서

내가 나아갈 방향과 기준을 충분히 세우지 못했기 때문일
수도 있다. 너무 많은 외부 자극과 정보 속에서 살고 있다.
수많은 기대와 사회의 기준에 맞추며 살고 있다. 그러다 보
면 내 마음의 중심이 어디에 있는지 잊은 채로 흔들린다.

맹자는 이러한 마음의 흔들림을 넘어서야 한다고 말했다.
그는 마흔 살이 되어서야 비로소 '부동심(不動心)', 즉 마음
이 흔들리지 않는 상태에 이르렀다고 고백했다. 외부의 칭
찬에도, 비판에도, 세상의 시끄러움 속에서도 자신의 중심
을 잃지 않은 게 마흔이었다. 흔들리지 않는다는 것은 외부
의 상황을 무시하는 것이 아니다. 무감각하게 지내는 것이
아니라 오히려 스스로를 더 깊이 이해하고 자기 자신을 단
단히 세우는 과정에서 생겨나는 자연스러운 힘이다. 주변이
아무리 소란스러워도 그 소리에 무너지는 대신 고요히 자신
의 기준을 지키는 것이다. 자신이 누구인지 명확히 알고 무
엇을 소중히 여기는지 분명히 아는 사람은 쉽게 흔들리지
않는다.

현대인에게 가장 필요한 것은 어쩌면 이 부동심일 것이

다. 하루에도 수백 가지 소식이 쏟아지고 유혹과 자극이 끊이지 않는다. 경쟁, 비교, 의심과 후회, 이 모든 것들이 우리의 마음을 흔들어 놓는다. 하지만 그렇기에 더더욱 마음의 중심을 찾아야 한다. 그 시작은 간단하다. 나를 인정하고 받아들이는 것이다. 아직 나는 미완성의 존재이며 중심을 찾아가고 있다고 받아들이고 나를 믿는 것이다. 스스로에 대해 깊은 이해와 인정이 있을 때 외부의 충격에도 견딜 수 있는 힘이 생긴다.

맹자 역시 부동심을 얻기까지 오랜 시간이 걸렸다. 마침내 그 마음을 얻은 뒤에야 세상의 평가에 흔들리지 않고 자신의 길을 걸어갔다. 우리가 맹자처럼 완전한 부동심을 얻는 것은 쉽지 않을 수 있지만 그 길을 향해 나아가는 과정만으로도 점점 더 흔들리지 않는 사람이 될 수 있다. 하루하루의 작은 갈등이나 고민이 찾아올 때마다 나의 내면을 돌아보자. 그리고 조금씩 흔들리지 않는 나만의 중심을 만들어보자. 결국, 세상이 우리를 흔드는 것이 아니라 우리가 세상 앞에서 흔들릴 뿐이다. 내가 스스로 마음을 지킬 수 있다면 세상은 더 이상 나를 흔들지 못한다.

흔들리지 않는 마음.

부동심이란, 결국 삶의 진정한 자유를 얻는 가장 확실한 길이다.

21

"내면에 뿌리내린 것에 의지하여
마음이 흔들리지 않는 것을 호연지기라 한다."

- 맹자 -

■ 마음의 나무

사람은 누구나 자기 마음속에 나무를 심으며 살아간다.
어떤 나무는 작고 연약해서 작은 바람에도 쉽게 흔들리지만
어떤 나무는 깊고 튼튼한 뿌리를 내려 세찬 바람에도 흔들
리지 않는다. 맹자는 이 튼튼하고 거대한 나무와 같은 마음
의 기운을 '호연지기(浩然之氣)'라 불렀다. 맹자가 말한 호
연지기란, 단순히 감정을 억누르고 참는 인내심이 아니다.
그것은 내면 깊은 곳에서부터 스스로 솟아나와 마음 전체를
꽉 채우고 흐르는 거대한 기운이다.

어느 날 맹자와 제자 공손추가 나눈 대화다.

공손추: 감히 여쭙겠습니다. 선생님의 부동심(不動心)과
고자(告子)의 부동심에 차이가 있습니까?

맹자: 다르다. 고자는 외부의 자극에 마음을 억지로 동요
되지 않게 한다. 나는 내면에 뿌리내린 것에 의지하여 마음
이 흔들리지 않는다.

공손추: 감히 여쭙겠습니다만, 그 내면에 뿌리내린 것이
무엇입니까?

맹자: 그것은 바로 호연지기이다.

공손추: 호연지기라는 것은 무엇입니까?

맹자: 설명하기 쉽지 않다. 이 기운은 지극히 크고 지극히
강건한 것이다. 올곧음(直)을 바탕으로 길러지며, 꾸준히
의(義)를 행하여 해를 입히지 않으면 자연스럽게 마음속에
서 길러진다. 이 기운은 도의(道義)와 합치되지 않으면 줄
어들게 된다. 그러므로 올바름과 정의로운 행위를 꾸준히
쌓아가야 한다.

공손추: 선생님께서 말씀하시는 '올곧음'과 '도의'란 무엇입니까?

맹자: 의란 마땅히 행해야 할 바른 도리이며, 올곧음은 그 도리에 따라 정직하게 행동하는 것이다. 정의롭지 않은 일이나 잘못된 것을 따라 행하면, 그 기운은 곧 쇠약해지고 사라진다.

공손추: 감히 여쭙겠습니다만, 이 기운은 선생님께서 직접 기르신 것입니까?

맹자: 그렇다. 나는 이 호연지기를 직접 길렀다.

공손추: 감히 여쭙겠습니다만, 어떻게 기를 수 있습니까?

맹자: 마음을 바르게 하고, 올바른 행위를 지속하면 자연스럽게 길러진다. 만약 마음속에 부끄러움이 없고, 언제나 정의를 실천하며 바른길을 따른다면, 자연스럽게 호연지기는 채워지고 강성해진다. 그러나 잠깐이라도 사사로운 욕망이나 불의를 따르면 곧 기운이 손상된다.

공손추와 맹자의 대화는 호연지기에 대한 맹자의 생각을 가장 잘 알아볼 수 있는 대목이다. 호연지기를 품은 사람은 세상에 나가 자신의 신념을 흔들림 없이 지킨다. 작은 이익에 마음이 흔들리지 않고 사소한 유혹에 마음을 빼앗기지 않는다. 길은 분명하고 하는 일은 올곧다. 삶의 태도가 확고하다.

이러한 마음을 갖는다는 건 결코 쉬운 일이 아니다. 사람의 마음은 본래 약하고 예민하기 때문에 쉽게 흔들린다. 맹자는 호연지기를 기르는 방법으로 꾸준한 '정의로운 행동'과 '진실된 마음가짐'을 강조했다. 큰일뿐만 아니라 사소한 일상 속에서도 내가 옳다고 믿는 것을 꾸준히 행하고 스스로를 속이지 않으며 살아갈 때 마음에 호연지기가 자리 잡을 수 있다.

일상 속에서의 작은 약속을 지키고, 보이지 않는 곳에서도 정직하게 행동하며, 당장 눈앞의 손해가 있더라도 옳은 길을 택할 때 내면의 뿌리는 조금씩 깊어지고 마음의 나무는 단단하게 자란다. 이렇게 내면에서 자라난 호연지기는 삶의 중심을 든든히 지켜주는 기둥이 된다. 그렇기에 호연지기를 가진 사람은 언제나 당당하다. 진정한 의미의 자유와 평온을 느끼며 살아갈 수 있다.

맹자가 말한 호연지기는 내 삶의 중심을 내가 지키고 있다는 자부심이자, 흔들림 없는 마음으로 세상을 살아가는 힘이다. 그 힘을 기를 때 비로소 우리는 삶의 모든 순간이 분명하고 자유로워짐을 느낀다. 누구나 마음속에 호연지기를 기를 수 있다. 중요한 것은 매 순간의 선택과 행동을 통해 스스로에게 떳떳한 삶을 사는 것이다.

마음의 깊은 곳에서부터 솟아오르는 거대한 기운을 믿어라.

그것이 바로 호연지기다.

22

" 덕으로 사람을 매혹하면
진심으로 그 사람을 따르게 된다. "

- 맹자 -

■ 진정한 영향력

영향력이라는 말을 들으면 가장 먼저 떠오르는 것은 돈이나 명예일 것이다. 유명하고 돈이 많으면 힘이 강하다고 생각하는 경우가 많다. 하지만 인생의 경험이 쌓여가면서 생각이 조금씩 달라졌다. 진정한 영향력이라는 건 그런 것이 아니라는 사실을 깨달았기 때문이다. 영향력의 진짜 근본은 다름 아닌 한 인간의 덕(德), 그 사람의 내면에서 나오는 진심과 따뜻함이다.

어느 날 우리가 누군가를 만났다고 가정했을 때, 그 사람이 사회적으로 성공한 사람이면 으레 그런 생각을 하기 마련이다. 높은 자리에 오른 만큼 까다롭겠지? 그런데 실제로 그 사람을 만났을 때 냉담하기는커녕 매우 겸손하고 다정한 모습을 보면 오히려 그 사람에게 훨씬 더 빠져든다. 처음에는 화려한 경력이나 명성에 끌려 사람들이 몰려들었지만 시간이 지나도 계속해서 곁에 머물고 싶은 사람의 특징은 타인을 대하는 진심 어린 태도, 세심한 배려, 솔직한 소통 방식을 가진 사람이다.

진정한 영향력은 결국 사람이 머물고 싶은 사람이 되는 것, 그 사람 곁에 있으면 마음이 편안해지고 진심으로 나 자신을 드러낼 수 있는 사람이 되는 것이다. 그러한 사람이 가진 영향력은 시간이 갈수록 더 깊고 단단해진다.

맹자도 말한 바 있다. 힘으로 사람을 복종시키면 그 사람은 단지 힘에 굴복할 뿐, 결코 마음 깊이 함께하고 싶다는 생각이 들지는 않는다고. 하지만 덕으로 사람을 대하면 그 사람의 마음은 진심으로 기쁘게 따르게 된다고. 인간관계에서도 마찬가지다. 사람은 누구나 진정한 영향력을 주고받으며 살아가고 싶어 한다. 결국 사람과 사람 사이에서 행복을 얻으며 살아가기 때문이다. 그렇다면 나부터 덕으로 사람을 대하는 방법을 배워야 하지 않을까? 내가 먼저 진심으로 듣고 배려하며 따뜻한 마음을 내보이면 자연스럽게 사람들이 곁에 머무르게 될 것이다. 그것이 진정한 영향력의 시작이다.

덕으로 맺어진 인간관계는 힘으로 억지로 엮은 관계보다 훨씬 더 단단하고 오래간다. 오늘 내가 할 수 있는 가장 강력한 일은, 바로 내 주변 사람들에게 진심으로 마음을 쓰고 덕으로 대하는 것이다. 그렇게 진정한 영향력을 가진 사람이 되는 것, 이것이 내가 지금, 여기에서 선택할 수 있는 가장 좋은 길이자 가장 현명한 삶의 방식이다.

23

" 하늘이 내린 재앙은 피할 수 있으나
스스로 만든 재앙은 피할 수 없다. "

- 맹자 -

■ 불행의 시작

"나는 왜 항상 이렇게 힘들게 살지?"

언젠가 친구와의 대화 중 친구의 말을 듣고 적잖이 놀랐던 적이 있다. 그 친구는 항상 밝고 에너지가 넘쳤으며, 다른 이들이 보기엔 문제없이 행복한 삶을 살고 있는 듯했다. 하지만 그는 자신의 삶이 너무 힘들고 불행하다고 했다. 아무런 문제가 없어 보이던 그 친구의 불행은 이유가 단순했다. 그는 자신이 만들어 놓은 높은 기대와 욕심에 늘 쫓기며 살아가고 있었다. 게다가 늘 다른 사람과 자신을 비교하며 자신을 괴롭히고 있었다.

이런 모습을 보면서 나는 맹자의 말을 떠올렸다.

"하늘이 내린 재앙은 피할 수 있지만, 스스로 만든 재앙은 피할 수 없다."

살면서 겪는 불행과 어려움 중 상당수는 사실 외부의 문제가 아니라 우리가 직접 만들고 키운 문제다. 생각해 보면 외부에서 오는 어려움과 고통은 시간이 지나거나 환경이 변하면 해소되는 경우가 많다. 하지만 스스로가 만들어낸 문제는 끊임없이 자신을 따라다니며 삶을 옥죄기 마련이다.

사람들은 자기 자신을 괴롭히는 일에 굉장히 능숙하다. 지나치게 완벽을 추구하면서 사소한 실수 하나에도 자책하고, 굳이 비교하지 않아도 될 사람과 자신을 비교해 마음에 상처를 입는다. 작은 실패나 좌절을 곱씹으며 그것을 키우고 또 키워서 마침내 커다란 괴물을 만든다. 그 괴물에게 잡아먹히는 건 나의 삶이다.

한때 일이든 관계든 완벽해야 한다는 강박 속에 살았다. 하나라도 잘못되면 인생 전체가 실패한 것처럼 느껴졌다. 그러다 보니 늘 긴장하고 불안했다. 작은 실수 하나가 머릿속을 떠나지 않고 사람들과의 대화에서 사소한 말실수를 하면 밤새 뒤척이며 후회하고 자책했다. 이런 생활이 계속되면 될수록 불행해지는 건 딱 하나다. 나의 삶이다. 그 불행의 이유가 나 자신에게 있다는 걸 인정하기까지 꽤 오랜 시간이 걸렸다.

"지금 나를 괴롭히는 그 불안과 불행은 어디에서 왔는가?"

정확히 짚어보니, 나를 힘들게 만든 건 누구도 아닌 나 자신이었다. 내가 스스로 만든 높은 기준, 나 자신에 대한 지나친 비판, 현실적이지 않은 완벽주의가 나의 불행을 만든 가장 큰 원인이었다. 그것을 깨닫고 나자, 스스로를 힘들게 하던 불필요한 감정과 기대를 하나씩 내려놓게 되었다.

이 과정에서 깨달은 것이 있다. 우리는 자신에게 친절해야 한다는 것이다. 나 자신에게 관대해지고 스스로를 좀 더 따뜻한 눈으로 바라봐야 한다. 내 실수를 용서하고, 남과 비교하지 않으며, 지금 내 모습 그대로 받아들이는 연습을 해야 한다. 이 연습을 통해 비로소 내가 만든 불행에서 벗어나 삶의 진짜 행복을 느낄 수 있다.

지금까지 내가 만난 많은 사람들을 보면 대부분의 문제는 스스로에 대한 이해 부족과 지나친 기대에서 비롯됐다. 그들은 자신이 처한 환경이나 상황 때문이라고 생각하지만 사실은 자신이 그려 놓은 이상적인 그림과 현실 사이의 괴리에서 고통을 겪고 있었다. 그리고 그런 불행은 자신이 만든 기준을 스스로 내려놓기 전까지는 절대로 해소되지 않는다.

우리는 흔히 외부 조건이 변하면 행복할 거라고 믿는다. 하지만 진정한 행복은 외부가 아닌 내부 곧 나 자신에게 있다. 내 마음과 생각, 내가 나 자신을 대하는 방식이 바뀌지 않으면 어떤 환경에서도 우리는 불행할 수밖에 없다. 내 삶을 바꿀 수 있는 가장 강력한 방법은 외부의 상황을 바꾸는 것이 아니라 나 자신을 괴롭히는 마음의 습관을 바꾸는 것이다.

나 자신을 조금만 더 아껴보자. 사소한 실수를 용납하고 완벽하지 않은 나를 받아들여 보자. 내 삶이 불행하게 느껴질 때면 그 불행의 원인이 정말로 외부에서 온 것인지 아니면 내가 스스로 만든 기준과 강박 때문인지를 돌아봐야 한다.

지금 당장 내가 바꿀 수 있는 건 외부 환경이 아니라 나 자신이다. 내가 만든 불행에서 벗어나려면 내가 먼저 나 자신을 괴롭히는 일을 그만둬야 한다. 삶을 힘들게 하는 건 대부분 다른 누구도 아닌 바로 나 자신이라는 걸 깨닫고 그 불행에서 벗어나기로 결심하는 순간, 진정한 자유와 행복이 시작된다.

24

"굳이 다른 사람을 부러워하며 따라가지 말라."

- 맹자 -

■ 포기의 기술

맹자는 제나라에서 백금을 제안받았지만 거절한 적이 있다. 반대로 송나라에서는 제나라에서 제안받은 금보다 더 적은 금인 칠십 금을 수락했다. 사람들은 이 모습을 보고 그의 선택에 일관성이 없다고 생각했다. 하지만 맹자는 명확히 말했다.

"내가 금을 받지 않았다면 앞으로 그곳에 머물 수 없었기 때문이다. 나는 금을 탐한 게 아니라, 머무를 수 있는 조건을 택한 것이다."

이는 단순히 금을 받느냐 받지 않느냐의 문제가 아니었
다. 맹자의 선택에는 그가 원하는 것을 위해 무엇을 포기하
고 무엇을 받아들일 것인지 명확한 기준이 담겨 있었다. 머
무르지 않는 곳에서는 금을 받아도 쓸모가 없고 오히려 마
음의 부채만 될 것이다. 하지만 머무르는 곳이라면 금이 적
든 많든 상관없이 값진 일이 된다.

이처럼 우리도 때때로 삶에서 원하는 것을 얻기 위해 무
엇을 내려놓아야 하느냐는 중요한 문제에 직면하게 된다.
매일 수없이 많은 선택의 순간을 마주한다. 때로는 커피 한
잔을 사는 작은 결정에서부터 때로는 직업이나 인간관계 같
은 인생 전체를 흔들 수도 있는 중요한 결정까지 광범위하
다. 문제는 우리의 인생이 이렇게 다양한 선택과 그 선택에
따른 포기로 점철되어 있다는 점이다. 선택한다는 건, 결국
다른 무언가를 포기하는 일이다. 그렇기에 선택은 언제나
어렵고 두려운 일이다.

사람들은 대부분 많은 것을 동시에 이루려고 한다. 더 많은 것을 얻을수록 행복할 거라 착각하며, 모든 것을 동시에 쥐고자 한다. 이런 태도는 결국 우리를 지치게 하고 아무것도 제대로 얻지 못하는 상황에 놓이게 만든다. 모든 것을 가질 수 없다는 사실을 깨닫는 순간, 비로소 선택과 포기의 기술이 중요해진다.

중요한 순간을 맞이할 때가 있다. 마치 삶의 전환점처럼 어떤 두 가지 사실을 저울질하면서 깊은 고민에 빠질 때가 있다. 그럴 때 유독 힘들게 느껴지는 이유는 하나를 선택하면 하나는 포기해야 하기 때문이다. 좋은 선택이란 '내가 후회하지 않는 선택'을 하는 것이다. 후회는 대개 선택하지 않은 길에서 오는 게 아니라 선택의 기준 없이 타인의 기준에 끌려다닐 때 생긴다. 자신의 욕구와 필요를 무시하고, 남들이 말하는 '옳다고 하는 길'만 좇다가 어느 순간 자신이 진정 원했던 삶에서 멀어졌다는 걸 깨닫게 될 때 깊은 후회를 맛본다.

반대로 스스로 명확한 기준을 가지고 내린 결정은 결과가 설령 완벽하지 않더라도 결코 후회하지 않는다. 왜냐하면 그 선택은 나 자신에게 충실했고, 내 마음의 진짜 소리를 들은 결과이기 때문이다. 그래서 중요한 건 '무엇을 얻느냐'보다 '무엇을 포기할 수 있는가?'라는 질문이다. 우리가 진정 원하는 삶은 때때로 많은 것을 내려놓아야 얻을 수 있는 삶이기도 하다. 맹자가 보여준 선택의 기준을 기억하며 원하는 것을 얻기 위해 내려놓을 줄 아는 용기를 길러야 한다.

인생에서 중요한 지혜는 모든 것을 다 가지는 게 아니라 내가 진정 원하는 단 하나를 위해 무엇을 내려놓을 수 있는지 아는 데 있다. 포기할 줄 아는 사람만이 행복과 평화를 얻는다. 그것이 곧 후회하지 않는 삶의 시작이다.

25

" 사람의 병폐는 남의 스승이 되기를 좋아하는 데 있다"

- 맹자 -

■ **인간의 본성**

누군가가 힘든 일을 겪고 있을 때 흔히 듣게 되는 말이 있다.

"그러게 내가 뭐랬어? 그렇게 하면 안 된다니까."

"내 말 듣고 처음부터 이렇게 했으면 이런 일 안 생겼을 거 아니야."

한 번쯤은 이런 말들을 들어본 적이 있을 것이다. 더 끔찍

한 것은 내가 누군가에게 이런 말을 하며 가르치려 든 적도 있다는 것이다. 사람은 본능적으로 자신이 옳다고 생각하는 것을 타인에게 전하려 한다. 내 생각이 맞다고 확신하는 순간 상대방의 상황이나 마음을 충분히 헤아리지 않고도 쉽게 충고와 조언을 던진다. 그리고 때로는 그렇게 하는 게 상대방을 위한 배려라고 믿기도 한다. 맹자는 이미 오래전에 이 문제를 예리하게 지적했다.

"사람의 병폐는 남의 스승이 되기를 좋아하는 데 있다."

이 말 속에는 수천 년이 흘러도 바뀌지 않는 인간의 본성이 담겨 있다. 인간은 자신을 먼저 돌아보기보다 타인을 가르치고 변화하는 데 익숙하다. 그러한 본성이 가장 빠르고 쉽게 나타나는 건 가까운 사람일 때다. 부모는 자식을 가르치고 싶어 하고 연인은 상대를 바꾸고 싶어 하고 상사는 부하를, 친구는 친구를 가르치려 든다. 하지만 이런 시도는 대부분 갈등과 상처로 끝난다. 상대방이 진정으로 원하지 않는 충고는 조언이 아니라 지적과 비난이 되기 때문이다.

누군가의 고민을 들으면 처음엔 들어주다가 얼마 지나지 않아 마치 그 문제를 내가 전부 이해한 것처럼 행동하기 시작한다. 수많은 충고를 던진다. 내 입장에서는 누군가를 도우려고 한 행동이라고 말할 수 있겠지만 전혀 도움이 되지 않는다. 그러한 행동은 '돕는 것'이 아니라 '가르치려 드는 행동'이다. 사람은 스스로가 완벽하지 않으면서도 남에게는 완벽을 요구할 때가 종종 있다. 상대방이 내 생각과 다른 방식으로 살아갈 때, '내 방식대로만 하면 더 나을 텐데' 하며 답답해하기도 한다. 이것이 맹자가 경고한 병폐였다.

남의 삶을 함부로 가르치려 들지 않아야 한다. 누군가를 진심으로 위한다면 먼저 그 사람이 되어 생각해 봐야 한다. 진짜로 필요한 것은 가르침이나 훈계가 아니라 조용한 기다림과 공감뿐일 때가 많다. 상대방이 내 방식대로 바뀌기를 기대하기보다는 내가 먼저 변화하는 모습을 보이는 것이 가장 좋은 가르침이다. 타인의 스승이 되려 하기 전에 나 자신의 스승이 되는 법을 배워야 하는 것이다. 맹자의 말을 떠올리며 스스로에게 물어볼 필요가 있다.

"남을 가르치려 드는 대신 너 자신부터 돌아보고 있는가?"

그 질문을 던지는 순간 내 삶은 조금 더 겸손하고 따뜻한
방향으로 한 걸음 나아가게 될 것이다.

26

" 모든 사람을 다 기쁘게 하려 한다면
날마다 아무리 애써도 부족하다."

- 맹자 -

▪ 불가능한 일

사람들이 나를 좋아해 주고 나를 칭찬하고 인정할 때 내가 가치 있는 사람처럼 느껴질 때가 있다. 그런 감정을 느끼다 보면 내 선택과 결정은 늘 타인의 시선과 기대를 충족하기 위한 것으로 바뀐다. 다른 사람들이 원할 법한 결정을 내리거나 타인이 보기 좋다고 생각할 법한 길을 선택하면서 스스로는 그 선택에 진심으로 만족해하지 않는다. 이런 행동이 생기는 것은 모든 사람에게 사랑받는 것이 인생의 정답처럼 느껴져서다.

"모든 사람을 다 만족시키려 하면 아무리 노력해도 끝이 없다."

맹자의 이 한마디는 많은 사람이 생각하는 인생의 정답에 대해 반기를 든다. 우리 삶의 모든 영역이 그렇지 않은가. 일을 할 때도, 친구들과의 관계에서도, 가족들 사이에서도, 내가 아무리 애를 써도 누군가는 항상 불만을 느끼거나 다른 선택을 원했다. 나의 최선은 언제나 누군가에겐 부족하다.

과연 모든 사람을 만족시키는 게 가능한 일일까?

각자의 인생에는 서로 다른 가치와 기준이 있는데 그 모두의 욕구와 기준을 내가 어떻게 채울 수 있을까? 불가능한 일이다. 맹자가 수천 년 전에 했던 말처럼 하루 24시간 내내 노력하고 노력해도 결국 모두를 만족시킬 수는 없다. 그런 노력은 끝없는 소모전이며 결국 스스로를 지치게 하고 실망하게 만들 뿐이다.

모든 사람을 다 기쁘게 하겠다, 모든 사람에게 사랑받겠다, 이 마음을 놓는 순간 삶은 훨씬 더 단순해진다. 그리고 명확해진다. 내 선택에서 타인의 반응에 전전긍긍하지 않게 되고 결정 후에도 죄책감이나 후회가 줄어든다. 물론 이 과정에서 나를 싫어하는 사람도 생길 것이다. 하지만 내가 무슨 짓을 해도 나를 싫어할 사람은 결국 싫어하기 마련이다. 나의 기준과 선택을 이해하지 못하는 것이지 내가 잘못한 것은 아니다.

맹자의 말은 큰 용기를 준다. 살아가는 데 있어 가장 중요한 것은 타인을 완벽히 만족시키는 것이 아니라 스스로의 삶에 대한 명확한 기준으로 후회 없는 삶을 사는 것이다. 미움받을 용기를 마음에 품고 모든 사람을 만족시키겠다는 욕심을 버리면 결국 모든 게 다 행복해진다. 나 자신으로 사는 것에서 오는 행복을 얻을 수 있을 뿐만 아니라 결국 내 주변에도 좋은 사람만 남기 때문이다. 진정한 행복을 위해서 제일 먼저 버려야 하는 생각은 모든 사람에게 사랑받아야 한다는 그 생각이다.

27

" 떠나는 사람을 괴롭히고 끝까지 쫓는다면
이것은 원수를 만드는 일이다."

- 맹자 -

■ 좋은 이별

누구나 이별은 어렵다. 삶을 살아가면서 무수히 많은 이별을 겪어도 언제나 어렵다. 사랑했던 사람과의 이별, 소중한 친구와의 이별, 정들었던 곳과의 이별까지, 이별은 늘 아프고 아쉽다. 하지만 피할 수는 없다. 온갖 방법을 사용하여 잠시 유예할 수는 있어도 결국엔 이별이 찾아온다. 그렇다면 우리가 할 수 있는 최선은 무엇일까? 바로 좋은 이별을 하는 것이다.

누군가와 관계가 끝날 때 많은 사람들은 상대를 붙잡거나 상대가 고통을 느끼도록 비난하고 상처를 주기도 한다. 그러나 이런 행동은 결국 서로의 마음에 돌이킬 수 없는 상처를 남길 뿐이다. 이별할 때 가장 아름답고 성숙한 방법은 오히려 그 사람을 존중하고 배려하는 마음으로 보내주는 것이다.

"떠나는 자를 괴롭히고 끝까지 쫓으면 결국 원수가 될 뿐이다."

맹자 역시 이별에 대한 가장 큰 지혜를 이렇게 전하고 있다. 이별이 찾아올 때마다 상대를 원망하고 비난하면 내 마음만 상한다. 상대가 내 곁을 떠난다는 것을 받아들이지 못하고 관계를 되돌리고 싶어서 때론 집착하고 원망하며 때론 상대에게 상처를 준다. 이런 행동은 마음을 가볍게 해주지 않는다. 이미 소멸된 인연을 다시 붙여주지도 않는다. 시간이 흐르고 보면 그렇게 했던 모든 행동은 오히려 내 마음에 고스란히 남아 나에게 더 깊은 후회와 고통을 남긴다.

관계가 끝나든 한 사랑이 끝나든 어떤 꿈을 포기하든 무언가와 이별하는 순간에 더욱 성숙한 태도로 대상을 바라봐야 한다. 떠나는 이에게 내가 줄 수 있는 마지막이자 최고의 선물은 잘 이별할 수 있도록 편안한 마음으로 보내주는 것이다.

이런 마음을 품는 것은 타인을 위해서가 아니다. 나 자신에게도 평화를 가져다주기 위해서라도 꼭 해야 하는 행동이다. 관계가 끝난 후, 상대방과 마주치더라도 불편하거나 미안해하지 않을 수 있고 함께했던 지난 시간을 아름답게 추억할 수 있다. 사람은 관계를 맺을 때도 중요하지만 그 관계를 마무리할 때 그 사람의 진짜 품격과 성숙함을 확인할 수 있다. 이별을 맞이할 때 상대방에게 어떻게 행동하는지가 내 인생과 사람에 대한 진정한 태도를 드러낸다.

좋은 이별은 결국 서로에게 남는 좋은 기억이다. 그리고 그 좋은 기억은 언젠가 훗날 우연히 마주쳤을 때 혹은 우연히 마주치지 않더라도 서로를 따뜻하게 떠올릴 수 있게 한다. 이것이야말로 인간관계가 가질 수 있는 가장 아름답고 가치 있는 모습이다. 맹자의 교훈을 가슴 깊이 새기며 모든 이별에서 끝까지 배려와 존중을 놓지 않는 사람이 되어야 한다. 그것이 성숙한 사람의 삶이며 관계를 더 깊고 아름답 게 만드는 비결이다.

28

"예의 같으나 진정한 예가 아니고 의로움 같으나 진정한 의가 아닌 것을 대인은 행하지 않는다."

- 맹자 -

■ 진정한 예의

누군가를 만날 때면 항상 '예의'에 대한 압박을 느낀다. 옷차림, 말투, 표정까지 신경 쓰며 내 모습이 상대에게 어떻게 보일지 걱정한다. 마치 준비라도 해온 것처럼 자신이 생각하는 예의 있는 행동에 가까운 것을 하나씩 정답 맞히듯 행하기 시작한다. 그런데 간혹 너무 도가 지나치면 그런 정중함이 형식적이고 억지스럽다고 느껴질 때가 있다. 자연스러워야 하는데 겉도는 느낌이고 잘해주었는데도 상대가 오히려 불편해하는 그런 상황이 생긴다.

얼마 전 한 지인이 무척 고민하는 모습을 보았다. 가까운 사람이 힘든 일을 겪고 있었는데 어떻게 위로해야 할지 모르겠다는 것이다. "어떤 말을 해야 상대가 위로받았다고 느낄까요?" 그는 진심 어린 걱정과 함께 조금이라도 틀리거나 부적절한 말이 상대에게 상처가 될까 주저하고 있었다. 그 고민을 듣고 난 뒤 문득 생각에 빠졌다.

우리는 모두 상대방을 위로하고 존중하는 데 있어 '정답' 같은 것이 있다고 생각하는 경향이 있다. '이 상황에서는 이런 말을 해야 한다', '저 상황에서는 저런 태도를 보여야 한다'는 정해진 형식 말이다. 하지만 그 형식만 따라간다고 해서 과연 상대방이 진짜 위로받고 존중받았다고 느낄까?

맹자는 이것을 "진정한 예의가 아닌 예의"라고 불렀다. 그는 대인은 절대로 겉치레뿐인 예의를 행하지 않는다고 말했다. 내가 겪고 내가 행했던 모호한 불편함을 정확히 설명해주는 대목이다. 진심 없이 형식만 남은 예의는 결국 상대에게도 나에게도 아무 의미가 없다. 예의를 갖추는 것의 목적은 결국 상대방을 편안하고 기분 좋게 하는 것인데 형식만 따라가다 보면 어느새 본래 목적은 놓치게 된다.

예전에 누군가에게 도움을 받았을 때 나는 당연히 감사의 표시를 해야겠다고 생각했다. 그런데 막상 어떻게 감사를 표현할지 고민하다가 형식적인 선물과 함께 정해진 문장을 적어 보냈다. 그것이 내가 배운 가장 무난하고 올바른 방법이라 생각했기 때문이다. 하지만 상대방의 반응은 예상과 달랐다. 그는 내가 보낸 것을 받고 무척이나 격식을 차린 듯한 느낌이 들어 오히려 부담스러웠다고 했다.

그 순간 나의 예의가 오히려 상대를 불편하게 했다는 걸 깨달았다. 내가 했던 행동은 그저 '예의 있게 보이는 것'이었지, 진짜 감사의 마음에서 비롯된 행동이 아니었다. 맹자의 말이 정확히 이 상황을 설명해 주고 있다. 진정한 예의는 단순히 행동이나 말을 아름답게 포장하는 것이 아니다.

예의란 결국 마음을 전달하는 수단이다. 마음이 없이 형식만 전달한다면 그 전달 방식이 아무리 화려하고 정중하더라도 결국 상대에게 진정한 울림을 줄 수 없다. 진짜 예의는 단순하지만 강력한 힘을 지녔다. 때로는 진심 어린 한마디 말, 눈빛, 작은 행동 하나만으로도 충분히 전달될 수 있다. 살아가면서 타인을 존중하고 배려하는 방법은 참 다양하다. 가끔은 더 세련된 말투, 더 격식 있는 표현이 필요하다고 느껴질 때도 있다. 그러나 그 모든 형식 뒤에 상대를 향한 진짜 마음이 없다면 그 형식은 결국 비어 있는 그릇과 같다.

29

"바른 사람이 바르지 못한 사람을 바르게 길러주고 재능 있는 사람이 재능 없는 사람을 잘 길러주어야 한다."

- 맹자 -

■ 함께 성장하는 것

우연히 들른 한 작은 카페에서 기억에 남는 두 사람을 본 적이 있다. 가게의 크기나 분위기보다는 일하는 사람들의 모습이 더 기억에 남는 곳이었다. 한 명은 경험이 많고 일에 능숙한 베테랑이었고 다른 한 명은 이제 막 일을 시작한 듯한 풋풋한 초보였다.

베테랑 직원은 초보자가 서툴게 실수할 때마다 다그치지 않았다. 대신 차근차근 그 방법을 알려주었다. 처음에는 더

디고 답답한 장면 같아 보였지만 시간이 지날수록 초보자는 실수가 줄어들었고 무엇보다 일 자체를 즐기면서 하는 모습이었다. 두 사람 사이에는 자연스러운 존중과 따뜻함이 오갔다. 단순히 일을 배우는 것이 아니라 사람이 사람을 길러주는 모습이었다고나 할까.

흔히 우리는 스스로 능력을 키우고 더 높은 단계로 성장하는 것만이 중요하다고 여긴다. 내가 더 뛰어나지면 세상이 나를 인정할 것이고 더 행복해질 거라고 믿는다. 하지만 진짜 성장은 혼자서만 이루어지는 게 아니다. 맹자 역시 비슷한 의미의 말을 남겼다. 현명한 사람이 그렇지 않은 사람을, 재능 있는 사람이 그렇지 않은 사람을 길러줄 때만 비로소 진짜로 현명하고 재능 있는 사람이라 불릴 수 있다고 말이다. 즉 내가 뛰어나다는 것은 혼자만 빛나는 것이 아니라 주변을 함께 빛나게 만들 때 완성되는 것이다.

어느 분야에서든 꼭 그런 사람들이 있다. 그들은 자기의 성취를 넘어 다른 사람들의 성장에도 관심을 가지고 적극적으로 돕는다. 세상에 혼자서만 뛰어나고 혼자서만 성장하는 사람은 없다. 혼자서 이룬 것 같아도 그 과정에는 언제나 주변의 도움이 있었을 것이다. 진정한 능력은 주변 사람까지 성장시키는 능력이고 진정한 성취는 함께 이룬 성취다. 우리가 주변 사람들을 바라볼 때, 지금의 상태보다 앞으로의 가능성에 주목하고 그것을 키워주는 태도를 가진다면 어느 순간부터 나뿐만 아니라 주변 전체가 성장하는 모습을 보게 될 것이다. 그렇게 함께 성장할 때 얻는 행복과 만족은 혼자서 성취한 것과는 비교할 수 없는 깊이를 지닌다.

결국 함께 가는 길이 멀리 가는 길이라는 말은 틀리지 않았다. 함께 걷는 길 위에서 서로의 가능성을 응원하고 더디더라도 끝까지 기다려주는 그런 마음이야말로 우리가 삶에서 지녀야 할 가장 값진 태도다. 그렇게 서로를 도우며 살아갈 때, 우리의 인생은 한층 더 깊어지고 의미 있어질 것이다. 함께 가야 멀리 갈 수 있다.

30

" 진정한 대인은 어린아이와 같은
순수한 마음을 잃지 않는 사람이다."

- 맹자 -

■ 즐기는 삶

사람들은 흔히 어른이 된다는 걸 어떤 기준처럼 생각한다. 책임질 줄 알고, 감정을 통제할 줄 알며 현실적인 선택을 내리는 것이 어른의 조건이라 여긴다. 그러다 보니 나이를 먹으며 점점 더 무표정하고 냉정해지는 스스로를 발견할 때가 있다. 과연 이게 진짜 어른이 되는 것일까?

맹자는 진정한 어른, 즉 대인은 "어린아이와 같은 마음을 잃지 않는 사람"이라고 했다. 이 말은 큰 울림을 준다. 어린아이의 마음이란 단순히 순진함만 의미하는 것은 아니다. 그것은 세상을 향한 순수한 호기심, 남을 향한 꾸밈없는 따뜻함, 삶을 향한 진실한 열정을 의미한다.

세상은 나이가 들면서 점점 더 복잡한 생각과 계산을 요구한다. 순수한 감정이나 솔직한 표현은 '미숙한 것'이라 여겨지고 나이가 들면 어른답게 행동해야 한다는 무언의 압박 속에서 우리는 자신도 모르게 순수함을 잃어버린다. 하지만 삶의 경험을 충분히 쌓았음에도 순수함을 잃지 않은 사람들이 있다. 그들은 삶을 대하는 태도 자체가 다르다. 실패 앞에서도 쉽게 웃고 작은 성공에도 크게 기뻐한다. 타인과의 관계에서도 계산이 아닌 순수한 진심으로 사람을 대한다.

순수함을 잃지 않는다는 것은 단지 세상을 아름답게 보는 것 이상이라고 생각한다. 그것은 삶의 진짜 의미를 잊지 않고 세상이 우리를 얼마나 복잡하게 만들든 그 본질을 지키는 마음이다. 어린아이가 자연스럽게 세상을 탐구하고 호기심을 갖는 것처럼 나이를 먹어도 삶의 새로운 면모에 기꺼이 흥미를 가지고 호기심을 잃지 않는 태도다.

살다 보면 너무 쉽게 순수함을 버리고 현실적이고 계산적인 어른의 마음을 선택한다. 하지만 진짜로 삶의 가치를 지키는 사람은 끝까지 어린아이의 마음을 붙들고 살아가는 사람들이다. 그들은 삶의 순간순간을 있는 그대로 기쁘게 맞이하며 작은 행복에도 마음껏 기뻐한다. 순수함을 잃지 않아야 한다. 경험과 나이를 핑계로 잃어버린 마음을 되찾아야 한다. 삶의 모든 순간을 진심으로 즐겨야 한다. 순수한 사람은 삶의 깊이를 알면서도 삶의 무게에 짓눌리지 않는다. 어린아이처럼 가벼운 마음으로 삶을 바라볼 때 오히려 한없이 풍요로워진다.

31

"됨됨이를 알려면 누구 집에서 머무는지를 보면 알 수 있고
먼 데서 오는 사람의 됨됨이는
그가 선택한 집주인을 보면 알 수 있다."

- 맹자 -

■ 내가 머무는 곳

누군가를 이해하는 가장 쉬운 방법이 있다. 그가 평소 누구와 시간을 보내는지, 어떤 사람을 가까이하는지 살펴보는 것이다. 어떤 장소를 좋아하고 어떤 사람을 곁에 두는지 알면 그의 마음과 인격을 어렵지 않게 읽을 수 있다. 내 주변에 머무는 사람과 환경이 곧 나 자신을 정의하기 때문이다.

맹자의 글 속에 이런 이야기가 있다. 공자는 송나라의 사마인 환퇴에게 생명의 위협을 받는 위급한 상황 속에서 옷차림까지 바꿔가며 급히 떠났다. 그가 위기를 피한 곳은 진나라의 사성정자라는 인물의 집이었다. 당시 사람들은 공자를 보며 이렇게 말했다.

"조정의 신하를 평가할 때는 그가 누구의 집에 머무는지 보고, 먼 데서 온 사람의 인격을 살필 때는 그가 선택한 집주인을 보라. 만약 공자가 임금의 총애를 받는 환관 용저나 척환의 집에 머물렀다면, 그를 어떻게 공자라 부를 수 있겠는가?"

이 말의 의미는 단순하다. 내가 선택한 공간, 내가 선택한 사람과의 관계는 결국 나의 인격과 품격을 그대로 드러낸다는 것이다. 평소 나와 친하게 지내는 사람들이 누구인지를 보면 나의 삶이 어떤 가치관 위에서 형성되어 있는지 명백히 드러난다.

늘 불평불만을 입에 담고 남을 쉽게 비난하며 삶의 태도가 부정적인 사람들 속에 오랫동안 머물면 나 역시 그렇게 된다. 내 사고방식과 삶의 태도 역시 어느새 그들과 닮아간다. 반면 좋아하고 존경할 만한 사람들 사이에 있으면 긍정적인 태도와 따뜻한 마음을 가지며 각자의 삶에 최선을 다하게 된다. 함께 있으면 마음이 편해지고 나 역시 좋은 사람이 되고 싶다는 생각이 든다. 나도 모르게 그들과 닮아간다.

맹자가 공자를 평가하는 기준으로 언급한 이야기는 바로이런 경험과 다르지 않다. 내가 선택한 장소와 환경, 내가 선택한 인간관계는 내가 진심으로 추구하는 삶의 가치를 가장 명확히 나타낸다. 아무리 말로 훌륭한 가치관을 이야기한다고 해도 결국 내 삶에서 내가 선택한 것들은 말보다 더정확히 나를 설명한다.

사람은 의외로 환경의 영향을 많이 받는다. 나와 맞지 않는 사람과 환경 속에서도 스스로를 지킬 수 있다고 생각할지 모른다. 그러나 시간은 생각보다 강력한 힘을 가진다. 내가 의식하지 않아도 그 환경 속의 가치와 태도가 점차 내 안에 스며들고, 어느새 나는 나 자신이 아니라 환경의 일부가되어 있다.

내가 머물 곳, 내가 곁에 둘 사람들은 좀 더 신중하게 선택해야 한다. 단지 겉으로 드러난 조건이 아니라 내가 그들 속에서 어떤 사람이 될 수 있을지를 먼저 생각해야 한다. 주변에 함께하는 사람들은 나의 인격과 삶의 태도를 계속해서 새롭게 정의하기 때문이다. 좋은 사람들과 함께하는 것이야말로 삶에서 할 수 있는 가장 가치 있는 선택이다. 좋은 사람들 속에 내 자신을 두어야 한다.

32

" 벗을 사귀는 것은
그 사람의 덕을 사귀는 것이다. "

- 맹자 -

■ 벗의 기준

사람과의 인연은 삶에서 빠질 수 없는 중요한 부분이다. 인간관계가 삶의 질을 결정짓는다고 할 정도로 우리는 사람과 사람 사이에서 늘 살아간다. 그렇기에 사람을 사귀고 관계를 맺는다는 것은 마치 삶이라는 큰 집을 지을 때 기초를 놓는 것과 같다.

사람의 가치를 평가하는 조건 중 가장 빠르게 작용하는 것은 외적 조건이다. 좋은 대학을 나왔는지, 경제적으로 얼마나 성공했는지, 직장과 직책이 무엇인지를 기준으로 사람의 가치를 평가하고 관계를 맺는 경우가 흔하다. 이런 기준은 분명 편리하고 간편한 듯 보이지만 실제로는 사람과 사람 사이를 더욱 차갑고 빈약하게 만들 뿐이다.

맹자는 전혀 다른 기준을 제시했다. 그는 벗을 사귈 때는 나이 듦을 내세우지 말고, 부유함과 지위를 내세우지 말고, 가족이나 형제의 힘을 내세우지 말라고 강조한다. 오직 그 사람의 덕을 사귀는 것이 벗을 사귀는 진정한 방식이며, 그렇게 맺어진 우정만이 삶을 깊고 아름답게 만든다고 가르친다.

덕을 사귄다는 말은 단순히 착하거나 선한 성품을 가진 사람만 골라서 사귀라는 뜻이 아니다. 그것은 상대방의 진정한 인격과 태도, 삶을 대하는 방식처럼 눈에 보이지 않지만 분명히 느껴지는 깊은 내면적 가치를 중요하게 여거야 한다는 의미다. 덕을 갖춘 사람과 맺는 관계는 조건과 환경이 변하더라도 쉽게 흔들리지 않으며 시간이 지날수록 더 깊고 풍요로워진다.

그러나 실제로 우리는 덕을 바라보기보다는 여전히 겉으로 드러난 것들에 쉽게 눈길이 간다. 화려하고 눈에 띄는 것들, 소위 남들 보기에 그럴싸한 조건과 배경을 가진 사람들과의 친분을 자랑스럽게 여긴다. 하지만 그런 관계는 사실 허약하다. 바람이 불고 비가 내리는 삶의 어려움 앞에서 쉽게 무너질 수 있다. 조건과 이익이 변하면 관계 역시 흔들리게 마련이다.

진정한 관계는 내가 기대하거나 의지하는 어떤 조건 없이도 서로를 있는 그대로 존중하고 이해하는 데서 출발한다. 누군가와 친해지고자 할 때 어떤 것을 얻으려 하거나 상대의 힘과 지위에 기대지 않고 오로지 그 사람이 지닌 진실된 모습에 매료되어 서로의 존재 자체로 관계를 형성할 수 있어야 한다. 그때 비로소 관계는 조건과 이익을 초월한 진정한 우정으로 거듭난다.

인생의 가장 큰 행복 중 하나는 진정한 벗과 함께하는 것이다. 그런 벗이 있으면 삶의 어떤 어려움도 견딜 만하며 함께하는 모든 순간이 더 밝고 따뜻하게 느껴진다. 덕을 갖춘 사람과의 관계는 조건에 의존하지 않고 서로를 신뢰하고 의지하는 관계이기 때문에, 갈등이 생기더라도 쉽게 풀릴 수 있다. 서로를 진심으로 이해하고 존중하는 마음이 관계의 기초이기 때문이다.

살아가면서 사람을 대할 때 가장 중요한 것은 상대의 조건이 아니라 그 사람이 가진 마음의 깊이와 품격을 보는 일이다. 상대를 있는 그대로 존중하고, 나 역시 상대에게 조건이 아니라 덕으로 평가받을 수 있는 사람이 되어야 한다. 세상에서 오래도록 소중히 남는 관계는 결코 조건이나 이익에 기초한 것이 아니다. 맹자의 이 오래된 가르침은 여전히 현대사회에서도 깊은 의미를 지닌다.

사람의 조건을 보지 않고 오직 덕을 보며 맺는 관계가 결국 내 삶을 가장 가치 있고 아름답게 만든다는 사실을 기억할 때 우리는 비로소 진정한 관계와 진정한 행복에 한 걸음 더 가까워질 수 있을 것이다.

33

" 무언가를 얻으려면
반드시 마땅한 예와 절차를 따라야만 한다."

- 맹자 -

■ 시간과 인내

무언가를 쉽게 얻었을 때와 어렵게, 정성을 들여 얻었을 때 그 대상의 가치는 전혀 다르게 느껴진다. 어릴 때도 손쉽게 얻은 장난감보다 자신의 용돈을 모아 산 물건에 더 깊은 애착을 느낀다. 어른 역시 똑같다. 오래 준비한 시험의 합격 소식에 깊이 행복해하고 어렵게 얻은 승진에 깊이 감사한다. 반면 별다른 노력 없이 찾아온 행운은 순간의 즐거움은 줄 수 있으나 오래 지속되는 행복을 주지는 못한다.

쉽게 얻은 것은 마치 얇은 유리잔과 같다. 언뜻 보기엔 아름답고 깨끗하지만 작은 충격에도 쉽게 금이 가고 깨진다. 그렇게 깨지더라도 크게 아쉬워하지 않는다. 쉽게 얻었기 때문이다. 정성을 들여 얻은 것은 마치 두꺼운 도자기와 같다. 도자기는 쉽게 만들어지지 않는다. 수많은 과정과 노력, 기다림이 필요하다. 오래 걸리고 번거로울 수 있는 과정 하나하나가 도자기를 더욱 견고하고 값지게 만든다.

쉽게 얻은 것은 왜 오래가지 못할까? 그것은 바로 얻는 과정에서 마음과 진심이 충분히 녹아들지 않았기 때문이다. 인간의 마음은 신기하게도 노력이나 인내, 정성 같은 감정이 더해진 대상일수록 그것을 소중히 여긴다. 평생 땀 흘려 모은 돈으로 산 집 한 채와 갑자기 복권 당첨으로 얻은 집 한 채가 있다면 자연스럽게 전자에 더 깊은 의미를 부여하게 된다. 그 집에 깃든 모든 노력과 희생이 스토리로 남아있기에 정신적인 보상과 만족이 훨씬 더 크다.

여기서 한발 더 나아가 생각해 볼 수 있다. 쉽게 얻어진 것이 나쁜 이유는 단지 '쉽다'는 사실 때문만은 아니다. 더 중요한 것은 그렇게 얻어진 것들이 우리 삶에 별다른 의미를 부여하지 못한다는 점이다. 삶의 의미는 결과물 자체보다는 그것을 얻기까지 겪은 과정에서 주로 형성된다. 과정을 통해 우리는 자신의 한계를 발견하고 극복해 나가는 경험을 하게 된다. 그리고 바로 그 경험이 우리 삶에 깊이 있는 가치와 이야기를 더한다.

맹자는 취하는 대상이 의롭지 않다면 아무리 작아도 받아들이지 않았다고 한다. 그 뜻은 정당한 과정과 절차를 거쳐야만 얻을 수 있는 것에 대해 말하는 것이다. 여기에서 정당한 과정이란 단지 형식적인 절차만을 의미하는 게 아니라 무언가를 얻기 위한 과정 속에 녹아 있는 진심과 정성, 그리고 기다림과 인내의 가치를 포함한다. 이 모든 것이 더해졌을 때 비로소 우리가 얻은 것은 진정한 의미와 가치를 갖게 된다.

현대 사회는 너무나 빠른 것을 요구하고 손쉽게 얻는 것을 선호한다. 빠르게 얻은 성과가 때로는 찬사를 받고 간단한 클릭 몇 번으로 손에 들어오는 것이 더 중요하다고 생각한다. 그러나 그렇게 얻은 것이 주는 즐거움은 찰나에 지나지 않는다. 금방 허무해진다. 결과만을 중요시하고 과정의 가치는 간과했기 때문이다. 맹자가 말한 예와 절차란 결국 우리가 어떤 것을 얻기까지 필요한 시간과 정성을 뜻한다. 인생에서 진정 소중한 것들은 대부분 시간이 필요하다. 과정이 있고 인내가 동반되어야 한다. 쉽게 온 것은 쉽게 사라지지만 어렵게 얻은 것의 가치는 오래도록 남는다.

34

"우산의 나무는 본래 아름다웠지만 도끼로 찍혀 베였으니 다시는 아름다울 수 없다."

- 맹자 -

■ 본래의 모습

춘추시대 제나라 근처에 우산(牛山)이라는 산이 있었다. 무척 아름다운 산이었지만 큰 나라들이 근처에 있었기에 사람들의 왕래가 잦고 벌목도 자주 일어나기 시작했다. 결국 사람들의 도끼에 의해 나무가 끊임없이 베어져 황폐해졌다.

사람들이 황폐한 우산을 바라보며 이 산은 원래부터 나무 하나 자라기 힘든 척박한 곳이라 단정하는 것은 자연스러운 일이다. 눈앞에 펼쳐진 현실이 그러하기 때문이다. 하지만 본래 우산은 울창한 숲이었다. 비옥한 땅 위에 나무들이 푸르르게 자라고 가지마다 잎이 무성한 숲이었지만 오랜 세월 끊임없이 베이고 파괴되어 그 아름다움을 잃어버렸다.

인간의 마음 역시 이와 같다. 맹자가 이 산을 인간의 마음에 비유한 것은 사람 또한 본래 선한 마음을 타고났지만 좋지 못한 환경과 반복되는 자극에 의해 마음의 아름다움과 선함을 잃어버릴 수 있음을 말하기 위함이다. 태어나 처음으로 세상을 마주할 때 그 누구의 마음에도 작은 씨앗처럼 본래의 선함과 순수가 자리 잡고 있다. 하지만 삶이란 끊임없이 나를 둘러싼 환경으로부터 영향을 받는 과정이다. 마치 우산의 나무가 거듭되는 벌목과 가축의 방목으로 인해 아름다움을 잃어가듯 마음 역시 반복되는 상처와 좌절, 부정적 경험들로 인해 본래 지녔던 맑은 모습을 서서히 잃어갈 수밖에 없다.

여기서 중요한 것은 나무가 스스로 베어짐을 선택하지 않듯 인간 역시 본래의 선함을 잃기를 원하지 않는다는 것이다. 환경과 상황의 힘이 너무나 크기에 개인의 의지나 선택만으로는 온전히 자신을 지키기가 쉽지 않을 때가 있다. 결국 우리의 마음을 지키는 일이란 단순히 개인적인 노력을 넘어 내 주변을 어떻게 구성하고 어떤 영향을 받을지를 선택하는 문제로 확장될 수밖에 없다.

한 사람이 지닌 본래의 아름다움을 잃지 않고 보호하기 위해선 나를 둘러싼 환경을 신중히 돌아봐야 한다. 독이 되는 관계, 나를 지치게 하는 장소, 내 에너지를 갉아먹는 습관으로부터 자신을 멀리해야 한다. 누구도 매일 칼날 아래 놓인 나무처럼 상처받고 위협받으면서도 자신의 본모습을 유지할 수는 없다. 마찬가지로 내 마음을 황폐하게 만드는 것들로부터 일정한 거리를 두고 내 안의 선함과 순수를 유지할 수 있는 삶의 방식을 찾아가야만 한다.

때때로 사람들은 다른 이의 모습을 보며 성급히 판단하고 그가 가진 문제의 원인을 개인적 성향이나 선택으로 돌리는 경우가 있다. 하지만 우산의 나무가 스스로 메마른 모습으로 변하지 않은 것처럼 한 사람의 황폐함에도 반드시 그럴 수밖에 없었던 환경과 이야기가 있다. 누군가의 상처 입은 마음을 볼 때, 그 이면에 숨겨진 사연과 과정까지 헤아리는 넉넉한 이해가 우리에게는 필요하다. 그것이 타인을 대하는 가장 성숙한 방식이자 결국 내 마음의 황폐함 또한 이해받을 수 있는 길이기 때문이다.

맹자의 말을 다시 떠올려보자. 한때 아름다웠던 우산의 나무가 스스로 아름다움을 버리지 않은 것처럼 우리 또한 원래 가진 순수하고 선한 본질을 스스로 잃어버리려 하지는 않을 것이다. 살아가는 동안 외부의 영향으로 상처받는 것은 피할 수 없는 일이지만 우리 내면의 선한 마음을 지키고 가꾸는 것은 결국 자신에게 달려 있다. 외부의 자극에 흔들리되, 그 자극이 내 마음의 중심까지 흔들지 못하도록 스스로의 마음을 단단히 다져야 한다. 또한 다른 사람의 마음이 우산처럼 황폐해지지 않도록 이해와 배려로 그들을 감싸야 한다.

결국 인간의 선한 마음은 본래부터 존재한다. 누구나 다 개별적인 아름다움을 가지고 있다. 그것을 지켜내고 되살리는 일은 우리 모두의 몫이다. 이것이 바로 맹자가 우산의 비유를 통해 우리에게 남기고자 했던 가장 깊은 가르침이다.

35

"바둑을 두면서 백조를 쫓는 자는 결국 어느 것도 이루지 못한다."

- 맹자 -

■ 몰입하는 힘

점점 더 무언가에 집중하기가 어려워진다. 긴 영상 하나를 다 보는 것도 책 한 권을 다 읽는 것도 어려운 일이 되고 있다. 요즘 시대는 눈앞에 놓인 작은 일들이 쉴 새 없이 생긴다. 메시지 알림으로 시작해서 끝없는 업무 메일, 반복되는 회의 등 순간적이고 즉각적인 처리를 하느라 바쁘다. 세상에서 소비되는 영상의 길이도 현저히 줄어들지 않았는가. 이런 일상 속에서 자신도 모르게 시야는 점점 좁아진다. 더 크고 의미 있는 것들을 바라볼 힘을 잃어버리고 만다.

흔히 목표를 이루지 못했을 때 재능의 부족이나 환경의 탓으로 돌리곤 한다. 그러나 실상 그 이유를 자세히 들여다보면 능력이나 자질의 문제가 아니라 주의력과 집중력의 문제일 때가 많다. 맹자는 이 문제를 '손바닥으로 태산을 가리는 일'에 비유했다.

아무리 눈이 밝은 사람이라도 작은 것만 계속 쳐다본다면 태산조차 보지 못하고 아무리 귀가 밝은 사람이라도 미세한 소리에만 몰두하면 천둥소리조차 듣지 못한다. 바둑을 두면서 백조를 쫓는 것과 똑같다. 결국 어느 것도 이루지 못한다. 태산은 분명 우리 눈앞에 웅장하게 서 있지만 가까이에 있는 손바닥 하나에 집착하면 거대한 산을 볼 수 없게 된다. 이것은 시력의 문제가 아니라 시야의 문제다. 가장 중요한 것은 우리가 무엇을 보려고 마음먹었는가, 하는 태도의 문제다.

집중의 대상이 어디인가에 따라 그 결과는 극명하게 갈린다. 만약 세부적인 일에 지나치게 매몰되어 큰 흐름과 방향성을 놓친다면 아무리 재능 있는 사람이라 할지라도 진정으로 중요한 일은 결국 이루어내지 못하게 될 것이다. 이 사실을 한 개인에게 적용한다면 행복과 불행에 대하는 태도로 볼 수 있다. 행복한 일이 아홉 가지 일어나고 불행한 일이 한 가지 일어났을 때 불행한 일에 집중하면 행복했던 일이 보이지 않는다. 좋은 일과 나쁜 일, 성공과 실패, 상실과 기회 그 모든 게 똑같다. 결국 삶에서 중요한 것은 주어진 상황 그 자체보다 내가 어디에 초점을 두는지다. 무엇을 선택해서 바라보는지에 따라 인생이 달라지기 때문이다.

주의력은 삶의 방향을 결정하는 마음의 나침반 같은 역할을 한다. 작은 문제나 단점을 계속해서 들여본다면 삶은 그 무게만큼이나 무겁고 어둡게 느껴질 수밖에 없다. 그러나 같은 삶 안에서 우리는 언제든지 다른 방향을 선택할 자유를 가지고 있다.

더 넓은 풍경을 바라보면 사소한 문제는 사라지지 않더라도 더 이상 결정적인 장애물이 되지는 않는다. 진정한 지혜는 집중하는 법을 아는 것보다도 어디에 집중할지 잘 판단하는 것이다. 하루의 끝에서 돌아볼 때 기억해야 할 것은 삶은 흐트러뜨리는 작은 문제들이 아니라 삶을 빛나게 만드는 크고 의미 있는 순간들이다.

우리의 삶은 결국 우리가 바라본 만큼만 성장한다. 우리가 주의를 기울인 만큼만 행복해진다. 손바닥 너머의 태산을 보기 위해 시선을 조금 더 멀리 두어야 할 때다. 진정으로 몰입해야 하는 것은 불행이 아니라 행복이다. 불행만 응시하면 결국 인생 전체가 불행한 것처럼 느껴질 테지만 그 너머의 태산을 보면 어느새 삶은 충분히 따뜻하고 감사한 것이 된다.

3장 "삶의 태도를 바르게 세우는 지혜 (처세, 處世)"

**"내 구부러진 손가락을 펴줄 사람이 있다면
아무리 먼 나라까지라도 달려간다.
그러나 마음이 남만 못한 것은 전혀 싫어할 줄 모른다."**

- 맹자 -

■ **내면의 문제**

사람은 누구나 무언가를 잃으면 찾기 위해 온갖 수단을
동원한다. 소중한 물건 하나를 잃어버리거나 사랑하는 반려
동물이 사라졌다면 밤잠을 설치며 찾고 심지어 작은 신체적
불편 하나만 있어도 그것을 해결하기 위해 먼 길을 달려 유
명한 병원을 찾아 나서고는 한다. 외면의 문제도 마찬가지
다. 유독 민감하게 반응한다. 작은 흠집이 난 자동차, 미세
하게 틀어진 옷, 완벽하지 않은 외모에 지나치게 집중한다.

하지만 정작 사람들은 자기 마음을 잃었을 때나 자신의 정신적 결함에는 무감각하다. 내면의 문제를 인식하지 못하거나 인식하더라도 간과하고 만다. 외적인 완벽함을 추구하면서 내적 성숙과 정신적 건강을 소홀히 하기 시작한다. 왜 마음의 문제에는 그렇게 무심한 것일까? 눈에 보이지 않기 때문에 혹은 다른 사람에게 쉽게 들키지 않기 때문에 그럴지도 모른다.

맹자는 내면의 문제를 등한시하는 사람들을 보면서 이런 말을 했다.

"지금 누군가의 새끼손가락이 잘 구부러지지 않아 불편하더라도 아프거나 일에 큰 지장이 있는 건 아니다. 그런데도 만약 그 손가락을 바로 펴줄 수 있는 사람이 있다면 아무리 먼 진(秦)나라나 초(楚)나라까지라도 달려갈 것이다. 그것은 자기의 손가락이 남들과 다르다는 것을 싫어하기 때문이다. 그러나 마음이 남만 못한 것은 전혀 싫어할 줄 모른다. 이것을 가리켜 '무엇이 중요한지 모르는 것'이라 한다."

맹자가 비유한 것처럼 손가락이 구부러지는 작은 불편함은 남과 다르다는 이유만으로도 고치려고 애쓴다. 하지만 마음이 비뚤어지거나 내면이 황폐화된 것은 쉽게 느끼지 못하거나 무시해 버린다. 마음이 다른 사람만 못한 것을 전혀 부끄러워하지 않는 이유는 그것이 외부에 쉽게 드러나지 않기 때문이다. 이것은 결국 무엇이 중요한지 그 가치를 제대로 이해하지 못한 탓이다.

사람의 마음, 즉 인(仁)은 사람이 본래부터 가지고 있는 소중한 본성이다. 맹자는 길을 잃은 마음을 찾는 것이야말로 진정한 학문의 본질이라 강조했다. 그럼에도 사람들은 자신들의 마음을 등한시한 채 눈에 보이는 작은 결점들만 바로잡으려 애쓴다. 마음이 무너져도 그것이 외부에 보이지 않는 한 아무런 문제의식을 느끼지 못한다는 점은 현대인의 가장 큰 비극 중 하나다.

진짜 중요한 것은 보이지 않는 것들이다. 내면의 평온함과 정신적 균형을 잃어버리면 아무리 외적으로 화려한 삶을 산다고 해도 진정한 행복을 찾을 수 없다. 내가 추구해야 하는 것은 마음의 균형과 정신적 평화라는 것을 기억해야 한다. 맹자의 말처럼 겉으로 보이는 것은 쉽게 고치려고 하지만 황폐해진 마음은 쉽게 고치려고 하지 않는다. 세상에서 접하는 많은 문제의 근원은 외부가 아니라 내면에 있다. 자신의 마음을 돌아보고 내적 균형을 유지하지 않으면 삶의 모든 성공과 성취는 표면적이고 허망한 것일 뿐이다. 물질적 풍요나 외적인 완벽함이 지속적인 만족을 가져다주지 못한다는 것은 이미 우리가 살아오면서 반복적으로 경험한 진실이다. 지속적으로 자신을 성찰하며 잃어버린 마음을 되찾기 위한 노력을 해야 한다. 내면의 평화와 조화야말로 삶의 질을 결정짓는 근본적인 열쇠이기 때문이다.

37

" 나무 기르는 방법은 알아도
자기 자신을 기르는 방법은 모른다. "

- 맹자 -

■ 나를 돌본다는 것

식물을 키울 때 어떤 흙이 좋은지 어느 정도 물을 주고 빛을 주어야 하는지 신중하게 찾아보고 꼼꼼히 살핀다. 작은 화분을 하나 키우는 일에도 전문가의 조언을 듣는다. 줄기가 무르고 잎이 처지면 무엇이 문제인지 금세 알아차리고 손을 쓴다. 주변의 사소한 것들을 돌보는 방법에 대해서 공부하고 연습한다. 하지만 정작 자신을 돌보는 방법에 대해서는 너무나 무지하다. 몸과 마음이 시들어가는 신호를 보내도 알아채지 못하거나 무시하기 일쑤다.

자신을 소중히 여긴다는 것은 얼핏 당연한 일처럼 보이지만 실상은 우리가 가장 못하는 일 중 하나다. 하루를 분 단위로 쪼개 바쁘게 살아가는 사람들에게 자기 자신을 돌본다는 것은 너무 흔한 말이라 그 무게를 잃어버린 지 오래다. 자기 돌봄은 단순히 잘 쉬거나 잘 먹는 수준에서 그치지 않는다. 몸이 건강해야 하듯 마음도 튼튼해야 한다. 마음이 튼튼하기 위해서는 자기 안에 있는 감정을 정확히 들여다보고 돌볼 수 있어야 한다.

자신을 사랑하고 돌보지 못하는 가장 큰 이유 중 하나는, 우리는 자신을 언제까지나 버틸 수 있는 존재라고 착각하기 때문이다. 마치 자신이 무한히 자라는 나무이며 어떤 악조건에서도 살아남을 수 있다고 믿는다. 그러나 실제로는 한 그루의 나무보다 훨씬 연약한 존재가 바로 인간이다. 나무가 물과 햇빛 그리고 적절한 토양이 없으면 죽듯이 인간 역시 적절한 휴식과 위로 그리고 사랑과 관심이 없으면 무너져 내린다.

오동나무와 가래나무는 겉으로 자라는 모습이 보이고 잘

못되었을 때 금세 티가 나기 때문에 사람들은 빠르게 반응할 수 있다. 하지만 자기 자신의 마음은 쉽게 보이지 않고 시들어도 티가 잘 나지 않는다. 그래서 더 오래 방치되고 손을 쓸 시기를 놓친다. 결국 마음이 크게 병들고 난 뒤에야 비로소 자신을 소중히 대하지 않았던 시간을 후회하며 돌이키려고 애쓴다. 나무를 돌보듯 자기 자신을 대해야 한다는 것은 곧 자신의 마음 상태를 예민하게 살피고 부족한 부분이 있으면 아낌없이 채워주는 것을 의미한다. 내면의 평화와 건강은 저절로 유지되지 않는다. 꾸준한 관심과 노력이 필요한 일이며 어쩌면 우리가 평생 가장 먼저 해야 하는 일이다.

결국 자신을 돌본다는 것은 단순히 삶의 질을 높이는 정도의 일이 아니라 자신에게 주어진 삶을 책임 있게 살아가는 방법이다. 우리는 오동나무나 가래나무보다 결코 덜 소중하지 않다. 이제부터라도 우리 자신을 깊이 들여다보고 세심하게 마음과 몸을 살펴야 한다. 자신을 위한 가장 현명한 투자는 더 나은 내일을 위한 가장 좋은 방법임을 잊지 말자.

38

"위대한 것을 따르면 위대한 사람이 되고 작은 것을 따르면 작은 사람이 된다."

- 맹자 -

■ 작은 욕망과 헌신하는 삶의 차이

유혹(誘惑): 꾀어서 정신을 혼미하게 하거나 좋지 아니한 길로 이끎.

유혹이라는 단어의 사전적 정의다. 누구나 크고 작은 여러 유혹 앞에 서게 된다. 유혹은 늘 직관적이고 달콤한 얼굴로 찾아오며 그 매력에 흔들리는 것은 인간의 본성에 가까운 일이다. 쉽게 얻을 수 있는 물질적 이득, 순간적인 즐거움 같은 것들이 그것이다. 거부하기가 쉽지 않다. 문제는 작은 욕망은 결코 작게 끝나지 않는다는 것이다.

작은 욕망 하나를 이루면 그다음엔 조금 더 크고 자극적인 욕망이 따라온다. 한순간 작은 욕망에 마음이 빼앗기면 삶 전체가 욕망을 추구하는 끝없는 경주가 되고 만다. 인간은 때로는 꽤 본능적인 동물이다. 배가 고프면 음식이 먹고 싶고 맵고 짠 걸 먹고 나면 달콤한 음식이 먹고 싶어진다. 서 있으면 앉고 싶고 앉으면 눕고 싶고 누우면 자고 싶은 게 인간의 심리다. 잠깐의 기쁨 뒤에 밀려오는 허무와 불만족은 결국 그 작은 욕망들이 애초에 우리 삶의 주인이 될 수 없음을 보여준다.

어느 날 공도자가 맹자에게 물었다.

공도자: 모두 똑같은 사람인데 어떤 사람은 큰사람(대인)이 되고 어떤 사람은 작은 사람(소인)이 되는 이유는 무엇입니까?
맹자: 무엇에 자신을 따르느냐에 따라 다릅니다. 위대한 것을 따르면 위대한 사람이 되고 작은 것을 따르면 작은 사

람이 됩니다.

공도자: 모두 똑같은 사람인데 어떤 이는 왜 위대한 것을 따르고 어떤 이는 작은 것을 따르게 됩니까?"

맹자: 귀와 눈 같은 감각 기관은 사물의 유혹에 쉽게 끌립니다. 외부의 사물이 감각 기관과 만나면 쉽게 끌려다니게 되고 결국 사물에게 지배당하고 맙니다. 하지만 마음은 사고하는 기관으로서 사고하면 선악을 구별할 수 있게 됩니다. 사고를 통해서 올바름을 깨달으면 위대한 것을 따르게 되며 사고하지 않고 외부의 유혹에 쉽게 끌려다니면 작은 것에 지배당하게 됩니다. 이것이 하늘이 우리에게 부여한 본성입니다. 마음을 올바르게 쓰면 외부의 유혹이 아무리 강해도 작은 것에 끌려다니지 않게 됩니다. 이것이 바로 위대한 사람이 되는 방법입니다.

맹자가 강조한 것은 마음의 관점에서 삶의 우선순위를 보는 것이었다. 그는 귀와 눈은 사물을 있는 그대로 볼 뿐 스스로 분별하거나 판단하지 않는다고 했다. 이 감각 기관들은 외부의 자극에 그저 끌려갈 뿐이다. 하지만 마음은 다르다. 마음은 스스로 생각하고 판단하는 능력이 있다. 우리가 무엇을 우선시할지 무엇을 중하게 여길지 결정하는 것은 바로 마음이다. 마음이 제대로 중심을 잡으면 감각의 유혹이 삶을 좌우할 수 없다.

작은 욕망을 따르는 삶과 위대한 가치에 헌신하는 삶의 가장 큰 차이는 결국 삶의 주도권을 어디에 두느냐에 있다. 작은 욕망에 이끌리는 삶은 외부의 자극에 휘둘리며 사는 삶이다. 자신의 내면에서 우러나오는 신념이나 기준이 없기에 늘 외부 상황에 따라 기분과 만족이 좌우된다. 반대로 자신이 신념으로 삼는 가치가 뚜렷한 사람은 외부의 변화와 무관하게 스스로의 삶을 설계하고 나아갈 수 있다. 외부에서 끌어당기는 자극들이 아무리 화려해도 삶의 중심을 흔들 수 없다면 그것들은 무의미한 소음일 뿐이다. 자신만의 확고한 내적 기준을 가진 사람은 욕망들이 아무리 눈앞에서 반짝여도 결국 삶의 방향을 바꾸지 않는다. 우리가 해야 할 일은 눈앞의 작은 이득과 순간적 자극을 넘어 삶을 움직이는 더 큰 가치를 분명히 하는 것이다. 위대한 것을 따르면 위대한 사람이 되고 작은 것을 따르면 작은 사람이 된다.

39

" 군주와 신하, 아버지와 자식, 형과 아우 사이에 마땅히 인의만이 있어야 할 뿐 굳이 이익을 논할 필요가 없다."

- 맹자 -

■ 이익에 눈이 먼 시대

우리가 살고 있는 세상은 전쟁과 평화 사이의 경계 위에 위태롭게 서 있다. 매일 뉴스 속에 등장하는 전쟁은 한 국가의 이익과 힘에 대한 탐욕이 인간성마저 집어삼킬 때 얼마나 처참한 결과가 벌어질 수 있는지를 생생하게 보여주고 있다.

전쟁이란 결국 가장 극단적인 형태의 이익 추구다. 한 국가가 다른 국가의 땅과 자원을 차지하려고 할 때 도덕과 인의는 더 이상 중요하지 않은 것이 된다. 자국의 힘과 이익을 극대화하려는 계산만이 남는다. 역사의 기록은 언제나 이익만을 좇은 침략과 전쟁이 결국 승자와 패자 모두에게 깊은 상처와 비극만을 남긴다고 경고해 왔다.

송견이 초나라로 가던 중 맹자를 석구에서 만나 물었다.

송견: 선생께서는 지금 어디로 가십니까?

맹자: 나는 초나라 왕을 만나 설득하려 합니다. 초나라 왕이 나를 기뻐하지 않는다면 진나라 왕에게 갈 계획입니다. 진나라 왕에게도 내가 전하는 말을 받아들이지 않으면 나는 두 왕이 당하는 재앙을 기다릴 것입니다.

송견: 저도 감히 그 뜻을 알고 싶습니다.

맹자: 대저 사람이라면 누구나 마땅히 인의(仁義)로써 상대를 설득해야 합니다. 그러나 그 사람에게 설득되지 않는다면 반드시 상대가 당할 재앙을 기다려야 하는 것입니다. 초나라 왕과 진나라 왕은 현재 강력한 군대를 앞세워 서로 이익을 취하려 하고 있습니다. 만약 초나라가 의를 버리고

이익만을 추구하여 진나라를 친다면 초나라가 패배할 것이고 진나라가 마찬가지로 초나라를 친다면 진나라가 패배할 것입니다. 내가 왕들에게 전하고자 하는 말은 바로 이것입니다.

맹자는 지금 시대에 일어나는 일을 똑같이 경험한 적이 있다. 그리고 그 일화를 통해 결국 서로 이익만을 취하려 하는 것은 재앙을 초래한다는 경고를 하고 있다. 전쟁이 끝나고 나면 전쟁에서 얻은 이익보다 훨씬 더 큰 대가를 치르게 된다. 전쟁을 시작한 자들은 국제 사회에서의 신뢰를 잃고 그 국민들은 세계로부터 고립되며 무력의 논리만을 믿었던 사회는 내적으로도 분열된다. 전쟁의 상처는 그 누구도 쉽게 치유할 수 없는 깊은 흉터로 남는다.

이것은 단순히 국가의 이야기가 아니다. 개인의 삶에서도 마찬가지다. 이익을 위해 친구나 가족 관계까지도 전략적으로 계산하는 삶은 당장 눈앞의 이익은 줄 수 있지만 장기적으로 보면 자신을 진정으로 아끼고 믿어줄 사람을 잃어버리는 결과를 낳는다. 가족과 친구, 동료와의 관계를 순수하게 인의로 대하지 않고 이익으로 접근하면 관계의 본질이 훼손되고 신뢰가 사라진다. 인의의 바탕 위에서만 진정한 충성, 효, 우애가 가능하며 이것이야말로 인간관계를 유지하고 발전시키는 진정한 힘이다.

사람들이 이익을 중시하는 이유는 간단하다. 그것이 눈에 보이고 손에 잡히는 구체적인 것이기 때문이다. 세상이 이익과 손해의 잣대로만 모든 것을 평가하는 시대에 맹자의 이 말은 우리에게 큰 울림을 준다. 결국 가장 오래가는 것은 이익이 아니라 도덕적 원칙에서 이루어진다. 눈앞의 이익을 위해 도덕성을 포기하는 것은 긴 안목으로 보면 자신이 가진 가장 큰 자산을 스스로 허물어버리는 행위다.

지금 우리에게 필요한 것은 전쟁이라는 파괴적 수단이 아니라 인간이 마땅히 가져야 할 도덕적 원칙, 즉 인의로의 회귀다. 국가는 물론 개인도 이익의 논리를 넘어 인의와 협력의 논리로 돌아서야 한다. 우리가 다시금 맹자의 가르침을 기억하고 국가 간, 사람 간의 관계에서 인의를 중심으로 사고하고 행동할 때 비로소 지속 가능한 평화와 진정한 번영을 이룰 수 있을 것이다. 힘의 논리가 아닌 인의와 도덕성만이 더 나은 세상으로 이끌 수 있다.

40

" 운명이 아닌 것은 없다. 다만
그 운명에 순응하되 정당하게 받아들여야 한다. "

- 맹자 -

■ **운명의 이면**

사람들은 종종 운명이라는 말을 오해하곤 한다. 어떤 일들이 이미 정해진 듯이 일어난다고 생각하며 때론 자신의 삶을 무력하게 내버려두거나 반대로 잘못된 선택마저 운명이라는 이름으로 합리화한다. 하지만 맹자는 운명을 바라보는 그런 안일한 태도를 경계했다. 운명이 우리 삶을 지배하는 것은 맞지만 그 운명에 우리가 어떻게 반응하고 행동하는지는 여전히 우리의 몫이다.

맹자는 "운명을 아는 사람은 무너질 담장 밑에 서지 않는다"라고 했다. 여기서 말하는 운명이란 미리 정해진 필연적인 결과를 수동적으로 기다리는 게 아니라 삶이 우리에게 보내는 명확한 신호들을 현명하게 읽어내는 것을 의미한다. 무너질 담장 밑에 서지 않는 것은 운명을 피하거나 저항하는 것이 아니라 자신의 삶에 찾아올 위험을 분명히 알고 그것을 피하기 위한 책임 있는 선택이다.

운명 그 자체는 삶의 바탕이다. 그 바탕 위에서 우리가 어떤 선택을 하느냐가 삶의 가치를 결정짓는다. 삶과 죽음이라는 큰 운명도 마찬가지다. 죽음 자체에는 선악이 없다. 하지만 죽음에 이르기까지의 선택과 과정은 분명히 평가될 수 있다. 자신의 책임과 도리를 다하며 살아온 끝에 마주한 죽음은 정당하고 존중받아 마땅하다. 반대로 명백히 위험하고 잘못된 길로 스스로 걸어가며 맞이하는 죽음은 결코 정당화될 수 없다. 결국 삶의 가치를 결정짓는 것은 '죽음'이라는 결과가 아니라 그 결과를 향해 나아가는 과정 속에서 우리가 내리는 선택과 태도다.

운명이라는 말에 담긴 진짜 의미는 삶의 선택 앞에서 무력하게 체념하라는 것이 아니라 삶에 놓인 조건과 한계를 분명히 인식하고 그 안에서 최선의 길을 찾으라는 것이다. 운명을 받아들이는 일은 그저 수동적으로 흘러가는 일이 아니라 능동적으로 삶의 책임을 지는 과정이다. 맹자가 강조한 것처럼 진정으로 운명을 이해하는 사람은 운명을 탓하거나 거부하지 않고 자신의 몫을 적극적으로 다하며 살아가는 사람이다.

무너질 담장을 보고도 그 밑에 서 있는 것이 운명이 아니라 그 상황을 보고 피하는 것이 진정한 의미의 운명이다. 내가 통제할 수 없는 일이 있다는 사실을 겸허히 받아들이면서도 통제할 수 있는 영역에서 책임 있는 행동을 하는 것이 바로 인간의 삶이다. 받아들일 운명을 받아들여야 하고 피해야 하는 운명은 피해야 한다. 운명도 통제할 수 있다.

41

"스스로를 학대하는 사람과 말을 나눌 수 없고 스스로를 버린 사람과는 함께 일할 수 없다."

- 맹자 -

■ 자포자기

"내가 재능이 없나."

"내가 능력이 부족한가?"

사람들은 무언가를 이루지 못하는 이유를 두고 재능이 없 거나 능력이 부족하다고 생각한다. 그러나 맹자는 그 원인 이 재능이나 능력의 문제가 아니라 꾸준함과 지속성의 결여 에 있다고 생각했다. "하루는 따뜻하게 하고 열흘을 차갑게 하면 자랄 수 있는 생명은 없다"라고 말했다. 즉 어떤 일을 이루려면 끈기 있게 지속적으로 힘을 기울여야 한다는 뜻이다.

빠른 성취와 즉각적인 결과를 원하는 시대에서는 모든 것이 금방 시들해진다. 기대만큼 성과가 나타나지 않으면 쉽게 포기한다. 일시적인 노력으로 큰 결과를 얻기 원하지만 현실은 결코 그렇게 단순하지 않다. 어떤 것이든 무언가를 얻기 위해선 꾸준히 이어지는 시간과 인내가 필수적으로 따라야 한다. 단 한 번의 노력, 일시적인 열정으로는 결코 무언가를 완성할 수 없다.

'자포자기(自暴自棄)'라는 말이 있다. 이는 '스스로를 해치고 스스로를 버린다'라는 뜻으로 "스스로를 학대하는 사람과 말을 나눌 수 없고 스스로를 버린 사람과는 함께 일할 수 없다"라는 맹자의 말이 어원이다. 맹자는 자신의 가치를 낮추거나 쉽게 포기하는 태도를 경계했다. 이 표현을 통해 우리가 자신을 얼마나 귀하게 여겨야 하는지 강조했다.

사람들은 종종 원하는 성과가 나오지 않을 때 스스로를

탓하며 금세 포기하고 만다. 그러나 맹자는 단순히 재능과 운, 능력 부족이 아니라 스스로에 대한 믿음과 꾸준함의 부족에서 비롯된다고 지적했다. 자신을 귀하게 여기는 마음이 부족하면 쉽게 포기하게 된다. 자신을 존중하고 믿는 사람은 결코 쉽게 포기하지 않는다. 한 번의 실패나 좌절에도 스스로의 가치를 의심하지 않으며 다시 일어서고 계속 나아갈 수 있다. 반면 자신을 가볍게 여기고 존중하지 않는 사람은 작은 어려움에도 금방 좌절하고 자포자기의 상태에 빠지게 된다.

자신을 버리고 쉽게 포기하는 태도는 삶에서 얻을 수 있는 수많은 가능성을 놓치는 결과를 낳는다. 맹자의 경고처럼 자신을 가장 귀하게 여기고 스스로의 가능성을 끝까지 믿어야 한다. 인생이란 결국 꾸준히 자신을 아끼고 돌보며 나아가는 긴 여정이다. 이 여정에서 가장 먼저 지켜야 할 가치는 바로 자신이다. 자기 자신을 그 무엇보다 귀하게 여겨야 한다.

42

"근심과 고난 속에서 살아남고
안일함 속에서 죽는다."

- 맹자 -

■ **진정한 스승**

모두가 편안하고 고요한 삶을 꿈꾼다. 먹고사는 걱정이 없고 아무런 불행도 일어나지 않으며 마치 숲속에 있는 것처럼 고요하고 평화로운 삶을 꿈꾼다. 어려움 없이 흘러가는 일상을 이상적인 삶의 형태로 생각한다. 하지만 맹자는 이것에 대해 다르게 생각했다. 오히려 삶의 안락함이 인간의 성장과 발전을 막는 장애물이라고 경고한다. 고난과 역경은 사람을 더욱 강하게 만들고 편안함과 안락함은 사람을 나약하게 만든다는 것이다.

존경하는 사람들의 삶을 떠올려보면 이해가 쉽다. 그들은 대부분 수많은 고난과 시련을 겪으며 성장했다. 위대한 성취와 지혜는 언제나 편안한 환경에서 탄생하는 것이 아니라 불안하고 어려운 상황 속에서 자신을 극복하고 한계를 뛰어넘으려는 노력에서 비롯된다. 비록 순간적인 고통과 좌절이 있더라도 그 과정에서 얻어낸 경험과 지혜는 평탄한 삶에서는 절대 얻을 수 없는 값진 자산이 된다.

지나친 안락함 속에서 살아가다 보면 시간이 지날수록 점차 현실 감각과 도전 의식을 상실하게 된다. 새로운 자극이나 도전은 없다. 삶이 늘 같은 리듬과 형태로 반복될 때 사람은 본능적으로 편안함에 안주하려 한다. 그러다 보면 자연스레 성장에 대한 의지나 위기에 대처하는 능력이 약화된다. 위기가 찾아왔을 때, 오히려 그것을 극복할 힘이 부족해서 쉽게 무너지고 만다.

아이러니하게도 사람을 단단하게 만드는 최고의 재료는 근심과 고난이다. 시련을 겪고 그것을 견뎌내는 과정에서 사람은 자신도 모르게 강인한 내면과 깊은 통찰력을 얻는다. 이는 책에서 얻는 지식이나 타인의 조언과는 다른 차원의 깊이를 가진다. 살아있는 지혜. 반면 지나치게 편안한 삶은 사람의 정신과 능력을 무디게 만든다. 칼도 계속 갈고 닦아야 날카로워지는 것처럼 한 사람의 삶도 고난과 역경 속에서 갈고 닦아야 날카로워진다.

맹자는 우리가 고난과 역경을 피할 것이 아니라 오히려 그것을 감사히 받아들일 수 있는 태도를 가져야 한다고 충고한다. 물론 쉬운 일은 아닐 것이다. 나에게 일어난 고난과 역경을 누가 좋은 마음으로 받아들일 수 있겠는가. 하지만 이미 일은 일어났다. 혹은 지금까지 일어나지 않았더라도 앞으로 일어날 것이다. 삶에서 고난과 역경은 절대 피할 수 없기 때문이다.

어차피 일어나고 어차피 겪어야 하는 문제라면 어떻게 생각하느냐에 따라 결과가 달라질 수 있다. 단순히 고난과 역경을 부정적인 일로만 본다면 나에게 남는 것은 아무것도 없다. 이 시간을 잘 견디고 나면 오히려 나의 삶이 바뀌어 있다고 생각하면 남는 것이 있다. 진정한 스승은 고난과 역경이다.

 역경은 고통스럽고 고난은 피하고 싶다. 하지만 그 속에 담긴 성장과 깨달음은 무엇과도 바꿀 수 없는 가치를 지닌다. 근심 속에서 살아남고 안락함 속에서 쇠퇴하는 맹자의 경고를 기억한다면 삶에서 찾아오는 모든 시련을 새로운 도약과 성장을 위한 발판으로 삼을 수 있다. 칼도 갈고 닦아야 날카로워지고 꽃도 비를 흠뻑 맞아야 피어나고 밤이 어두워야 아침 햇살이 더 밝게 느껴진다.

43

> "부귀로도 마음을 방탕하게 할 수 없고
> 빈천으로도 뜻을 바꾸게 할 수 없으며
> 위력과 무력에도 굴하지 않는 것이 대장부다."
>
> - 맹자 -

■ 사람의 품격

사람의 품격은 어디서 나타날까. 평범한 일상에서? 아니면 특별한 상황에서? 오히려 극단적인 상황에서 비로소 품격과 강인함은 명확하게 드러난다. 풍족하고 높은 지위에 있을 때는 유혹을 이겨낼 수 있는지 알 수 없다. 빈곤과 어려움 앞에서 스스로를 지켜낼 수 있는지도 알 수 없다. 두려움과 위험이 닥쳐왔을 때 당당하게 맞설 수 있는지도 알 수 없다. 극단적인 순간들이 찾아와야 그 사람의 본질적인 가치와 강인함을 알 수 있게 된다.

주변을 봐도 쉽게 알 수 있다. 쉽게 해결할 수 없을 만큼 복잡한 문제가 생겼을 때 도망가는 사람이 있는 반면 어떻게든 두 발 딛고 서서 문제를 해결하려고 하는 사람이 있다. 아무리 돈을 많이 벌어도 여전히 마음이 선한 사람이 있고 아무리 가난하더라도 마음이 풍요로운 사람이 있다. 그런 사람을 맹자는 대장부라고 부른다. 가진 것의 여부보다는 마음이 얼마나 단단하고 변함없는가를 주된 척도로 사용한다.

맹자는 진정한 강함을 지닌 사람은 어떠한 풍요 속에서도 절제와 겸손을 잃지 않는다고 했다. 높은 자리에서도 자신을 낮추며 가진 것을 과시하거나 남용하지 않고 자신의 품위를 지키는 사람은 흔치 않기에 더욱 존경받는 것이다.

반대의 상황에서도 똑같다. 빈곤이나 실패라는 상황도 사람을 흔들기 쉽다. 마음을 불안하게 만들고 쉽게 체념이나 타협으로 몰아넣는다. 그러한 위기 상황에서 본래 자신의 품격을 포기하지 않고 묵묵히 자신만의 원칙을 고수할 수 있는 사람이 진짜 강한 사람이다.

람은 본능적으로 공포 앞에서 두 가지 행동을 취한다. 자신의 이익을 위해 쉽게 굴복하거나 신념을 포기하고 타협한다. 하지만 맹자가 말한 '대장부'는 힘의 압력과 위협 속에서도 내면을 굽히지 않는다. 외부 조건에 영향을 받을 수는 있어도 흔들리지는 않는다.

강인함의 본질은 단순히 고통을 견디는 힘이 아니다. 그보다 어떤 상황에서도 자신이 지닌 본래의 모습을 유지할 수 있는 정신력에 있다. 삶은 언제나 예측하기 어렵고 때로는 극단적이고 예외적인 상황을 만든다.

진짜 강한 사람은 환경을 지배하려고 하지 않는다. 환경을 탓하지도 않는다. 오히려 환경에 적응하고 그것을 자신의 내적 성숙과 발전의 기회로 삼는다. 삶이 주는 모든 조건과 상황을 받아들이면서도 자신만의 뚜렷한 내적 기준을 유지하는 것이다. 그것이 맹자가 우리에게 가르치는 진정한 대장부의 모습이다. 외부의 조건은 스스로 선택할 수 없을 때가 많다. 그러나 늘 선택할 수 있는 건 그 환경을 어떻게 받아들이고 대처하느냐다.

자신의 환경을 비관하지 않는 것. 많이 가졌다고 우쭐하지 않고 가진 게 없다고 초라해지지 않는 것. 어떠한 상황 속에서도 자신의 중심을 잃지 않는 것이 대장부의 삶이다.

44

" 위를 우러러 하늘에 부끄럽지 않고
아래를 굽어 사람에게 부끄럽지 않다."

- 맹자 -

■ 양심과 당당함

점점 더 희미해져 가는 감정이 있다. 공감이나 연민도 사람들 사이에서 사라지고 있지만 그와 못지않게 빠르게 사라지는 것은 '부끄러움'이라는 감정이다. 자신이 잘못한 일조차 뻔뻔하게 감추거나 오히려 당당하게 드러내는 사람이 늘고 있다. 자신의 이익을 위해서라면 비윤리적인 행동을 해도 문제 될 것이 없다고 믿고 타인의 시선이나 사회적 기준을 아랑곳하지 않는 사람들이 많아졌다. 남들이 보지 않을 때나 감시의 눈이 없을 때 또는 즉각적인 처벌이 없을 때 더 쉽게 잘못된 행동을 저지른다. 타인의 시선보다 자신의 편리함을 우선시하게 되면서 부끄러움이라는 감각 자체가 둔해지고 있다.

맹자는 인간의 진정한 도리는 혼자 있을 때조차 하늘을 향해 떳떳하며 남들 앞에 섰을 때 부끄러움이 없어야 한다고 강조했다. 타인의 시선을 의식하라는 뜻이 아니라 자기가 세운 윤리적 기준을 지켜야 한다는 뜻이다. 하늘을 우러러 떳떳하다는 것은 자신이 추구하는 가치와 도덕적 원칙을 지키며 살아간다는 의미이고 사람들 앞에서 부끄럽지 않다는 것은 다른 이의 눈을 피해 숨기지 않아도 되는 정직한 삶을 산다는 뜻이다.

많은 사람이 자신이 저지른 잘못을 합리화하거나 외면하려는 경향이 있다. 작은 거짓말쯤은 누구나 하는 일이라며 자기 자신에게 관대해진다. 부정행위를 저지르면서도 당연한 경쟁 논리라고 합리화한다.

문제는 이러한 자기기만이 점점 쌓이다 보면 결국은 더 큰 거짓과 더 큰 부정을 만들어낸다는 사실이다. 결국 부끄러움을 느끼지 못하게 된다는 것은 삶의 도덕적 기준을 잃고 무너지는 첫 단계의 시작이다. 부끄러움을 느끼지 못하는 삶은 결코 자유롭거나 당당한 삶이 아니다. 오히려 자신의 기준을 무너뜨리고 스스로에게조차 떳떳하지 못한 삶이 된다.

제일 중요한 것은 자기 자신의 양심이다. 아무도 보지 않는다고 생각할 때조차 스스로의 행동을 부끄럽지 않게 여길 수 있어야 진정한 의미에서 자유롭고 떳떳한 삶을 살 수 있게 된다.

진정으로 지켜야 하는 것은 순간의 편리함이나 타인의 평가가 아니라 자기 자신에 대한 믿음과 자부심이다. 그것이야말로 지켜야 할 존엄이며 삶에서 절대 포기할 수 없는 가치다. 세상이 무너져가더라도 부끄러움을 잃지 말아야 한다. 하늘과 사람 앞에서 언제나 당당하게 설 수 있는 삶을 선택해야 한다.

45

" 어진 사람에게는 세상에 적이 없다."

- 맹자 -

■ 관계의 처세술

사람들은 자기도 모르게 관계를 이분법적으로 나누고는 한다. '이기는 것과 지는 것'으로 나누어 생각하는 것이다. 친구 사이에서도 동료 사이에서도 심지어 가족, 지인 사이에서도 서로 경쟁하며 상대방보다 더 나은 위치를 차지하려고 한다. 마치 인간관계가 눈에 보이지 않는 계급과 힘의 균형 속에서 움직이는 듯하다.

진정한 관계란 서로가 경쟁자로 인식하는 게 아니라 동반자라는 믿음에서 출발한다. 맹자는 이것을 일찍이 간파하여 '어진 사람에게는 세상에 적이 없다'라고 말했다. 이 말은 모든 인간관계의 핵심을 꿰뚫고 있다.

인간관계를 생각해 보자. 만약 어떤 한 사람이 있는데 그 사람은 항상 자신을 돋보이게 하려고 노력한다. 대화하면서도 상대방의 말을 듣기보다는 자신의 이야기를 더 돋보이게 하려고 애쓴다. 누군가가 성공했다고 하면 축하하기보다는 시기하거나 겉으로는 칭찬을 하면서도 진심은 담겨 있지 않다. 만약 그런 사람이 있다면 관계가 잘 유지될 수 있을까? 이런 관계는 결국 신뢰가 깨지고 서로를 경쟁자로 바라보게 된다.

진심으로 상대를 아끼고 포용할 줄 아는 사람은 어떨까? 주변에 좋은 일이 생기면 마치 자신의 일처럼 기뻐해 준다. 어려움에 처했을 땐 아무런 조건 없이 도움을 준다. 상대가 실수하더라도 그것을 기회로 삼아 자신을 우월하게 만들기보다는 상대의 입장에서 함께 문제를 해결하려 노력한다.

이런 사람은 자연스럽게 신뢰를 얻고 마음을 얻게 된다. 결국 지지와 신뢰를 얻음으로써 적을 만드는 것이 아니라 자신의 편을 만드는 셈이다. 이런 사람이 바로 맹자가 말한 '인자'다.

관계에서 문제가 생겼을 때 서로의 자존심과 우월감을 지키려다 보면 관계는 금방 악화된다. 서로가 서로의 행동을 이해하려 하지 않고 갈등을 통해 더 나은 해답을 얻는 것이 아니라 조금이라도 우위를 차지하려 하면 관계는 오히려 더 멀어질 뿐이다.

사람들은 흔히 인생은 결국 경쟁이라고 말한다. 사실 경쟁이라는 개념은 우리가 삶을 살아가는 데 있어 필수가 아니다. 경쟁은 필연으로 승패를 만들고 갈등을 조장한다. 맹자의 말처럼 세상에 적을 만들지 않고 살아가는 사람이 결국 신뢰와 애정을 얻기 때문에 경쟁이 무조건 필요하다고 볼 수 없다.

지금 필요한 것은 진정으로 상대를 이기는 방법이 아니라 상대를 진정으로 품고 이해하며 함께 살아가는 방법이다. 어진 사람은 스스로 적을 만들지 않고 쓸모없는 경쟁을 하지 않는다. 오히려 자연스럽게 주변 사람들과 함께 성장하고 발전해 나간다. 맹자가 말한 '어진 사람에게는 세상에 적이 없다'라는 말을 기억하며 인간관계를 경쟁이 아닌 협력으로 바라볼 때다. 좋은 일이 생기면 진심으로 축하해 주고 어려움에 처했을 때 아무런 조건 없이 도움을 줘야 한다.

46

"가장 중요한 것은 뜻이고
뜻이 확고하면 기운이 그 뜻을 따른다."

- 맹자 -

■ 뜻의 견고함

인생을 살아가다 보면 문득, 왜 이렇게 바쁜지 스스로 의아해지는 순간이 찾아온다. 분명 무언가 열심히 하고 있는데 정작 무엇을 위해 달리고 있는지 모를 때가 있다. 그런 순간에 필요한 것은 스스로에게 질문을 하는 것이다.

나의 뜻은 무엇인가?

뜻이란 단순히 일시적인 목표나 계획이 아니다. 그것은 나의 삶을 관통하는 일관된 방향이자 중심축이다. 뜻이 흐릿하면 아무리 열심히 살아도 어딘가 불안하고 허전한 느낌을 떨칠 수 없다. 하지만 뜻이 확고하면 삶은 분명하고 선명해진다. 방향이 명확해지면 그곳을 향한 모든 에너지와 열정이 자연스럽게 모이게 된다.

뜻이 분명한 사람은 삶의 크고 작은 어려움 앞에서도 쉽게 흔들리지 않는다. 뜻이 있는 사람에게는 모든 문제가 극복 가능한 도전으로 느껴진다. 작은 실패에도 좌절하지 않고 다시 일어설 수 있는 힘을 얻는다. 주변의 부정적인 시선이나 순간의 유혹에도 흔들림이 없다.

많은 사람들이 삶에서 성취를 이루지 못하거나, 이뤄도 만족하지 못하는 이유는 뜻을 명확히 세우지 않았기 때문이다. 아무리 좋은 기회와 재능이 있어도 뜻이 없으면 그 에너지는 흩어지고 낭비된다. 뜻이 깊고 명확하면 에너지는 집중되고 그 결과 삶의 만족과 성취가 더욱 뚜렷하게 나타난다.

뜻이 확고하면 기운이 따르는 이유는 우리의 마음과 몸이 유기적으로 연결되어 있기 때문이다. 마음에서 확고한 뜻을 세우면 우리의 정신은 그 방향을 향해 계속해서 에너지를 집중시킨다. 무의식적으로 그 뜻에 맞는 행동과 선택을 하게 만든다. 결국 우리의 모든 생각과 행동이 나의 뜻을 중심으로 움직이게 되는 것이다.

때로는 길을 잃은 것처럼 느껴지더라도 괜찮다. 지금 잠시 멈춰 서서 스스로의 마음을 돌아본다면 다시 나아갈 힘은 이미 당신 안에 있기 때문이다.

47

" 법도를 무시하면 나라가 망하고,
인의를 무시하면 자기 자신이 위태로워진다."

- 맹자 -

■ 절대 잃으면 안 되는 것

어떤 것을 잃었을 때 삶이 가장 위험해질까? 많은 사람이 돈을 잃거나 신뢰를 잃거나 직장을 잃었을 때라고 생각할 것이다. 그것도 다 삶을 살아가기 위해서 꼭 필요한 것들이지만 맹자는 이 질문에 '인의(仁義)를 잃을 때'라고 단호히 답한다.

인의란 무엇인가? 인(仁)은 타인을 향한 진실한 공감과 배려이며 의(義)는 올바름과 정당함을 지키려는 의지이다. 이것은 단순히 착하고 도덕적인 사람이라는 표면적인 평가를 위한 것이 아니라 스스로의 존엄과 가치를 지키기 위한 삶의 태도이다.

종종 타협을 미덕이라고 여긴다. 친구와 가족 사이에서도 서로의 갈등을 덮기 위해 적절한 선에서 양보를 하곤 한다. 어떤 공동체 내에서 부딪히기보다는 적당히 맞춰나가는 것을 원한다. 매일 크고 작은 타협으로 삶을 채운다.

그러나 모든 타협이 건강한 것은 아니다. 타협은 습관이 되고 습관은 무감각이 되어버린다. 어느 순간 자신이 무엇을 잃어버렸는지조차 모르게 된다. 스스로 마땅히 지켜야 하는 기준을 자꾸 어기고 못 본 척하다 보면 그런 날은 쌓이고 쌓여서 어느 순간 나에게 되돌아온다. 어느 날 문득 거울 앞에 섰을 때 내 자신이 낯설게 느껴질 것이다.

"너는 누구지? 무엇을 좋아하고 어떤 사람이지? 내가 뭘 잃어버렸을까?"

그런 순간이 찾아오면 이미 상당히 늦은 단계일지도 모른다. 모든 인의를 잃기 전에 알아차려야 한다. 맹자가 인의를 잃으면 자기 자신이 위태로워진다고 말한 것은 도덕적 행위 이상을 뜻한다. 인의는 한 인간이 세상 속에서 바로 서게 해 주는 내적 기준이자 타협할 수 없는 마지막 보루다.

인의가 부족한 사람의 삶은 마치 얕게 박힌 못과 같아서 쉽게 흔들리고 빠져버리며 아무것도 단단히 붙잡지 못한다. 타협과 침묵을 반복하며 스스로의 기준을 잃은 삶은 결국 자신마저 제대로 지키지 못하고 타인의 인정이나 물질적인 보상에도 불구하고 내면의 텅 빈 허무함으로 채워지고 만다.

삶을 지탱하는 고요한 힘이 인의다. 인간을 인간답게 지키는 최후 기준이다. 세상이 흔들릴 때도, 가끔 불이익을 감수할 때도, 어렵고 힘든 상황에서도 인의를 지키는 사람은 당장의 손해가 있더라도 타인의 신뢰와 존경을 받게 된다. 자기 자신에게도 떳떳하고 당당한 삶을 살 수 있게 된다. 인의를 지킨다는 것은 결국 자기 자신을 존중하고 사랑하는 방법이다. 세상에서 가장 견고한 내면의 성(城)을 쌓는 길이다.

48

"군자는 사람을 깊이 신뢰하고 의지하지만
사람에게 구속되지는 않는다."

- 맹자 -

■ 건강한 관계

맹자의 말은 인간관계에서 가져야 할 균형을 이야기한다. 사람을 신뢰하고 의지하지만 구속되지 않는다는 것은 균형을 지키라는 의미다. 사람과 사람이 관계를 맺는 이유는 서로에게 위로와 기쁨, 때로는 삶의 동기를 얻기 위해서다.

깊이 신뢰하고 의지하는 것은 좋지만 구속되는 것은 전혀 다른 이야기다. 신뢰가 없다는 건 앙상한 나뭇가지를 붙잡고 있는 것과 똑같다. 함께 있는 의미가 없다. 반대로 지나친 의존은 구속으로 이어진다. 결국 신뢰 없는 관계도 지나친 의존도 자신과 상대 모두를 불행하게 만든다.

이 세상 모든 관계는 적절한 거리를 유지할 때 가장 아름답다. 가까이 있지만 서로를 침범하지 않고, 깊이 의지하지만 상대의 삶을 침해하지 않는다. 상대를 존중하는 것은 결국 나 자신을 존중하는 방식이기도 하다. 타인에게 의지하는 것이 지나쳐 나의 행복과 결정이 전적으로 타인에게 좌우된다면 그것은 건강한 관계가 아니라 위험한 덫이다.

점점 더 많은 사람이 외로움을 호소한다. 그래서인지 관계에 더 집착하고 한 사람에게 지나친 기대를 하기도 한다. 그러나 맹자의 말대로 사람을 깊이 신뢰하고 존중하되 구속하지 않을 때 관계는 더 건강하고 오래 지속될 수 있다. 그 관계는 자유로우면서도 단단하다.

우리가 흔히 실수하는 부분은 사람을 신뢰하고 의지한다는 것과 상대에게 지나친 기대를 하는 것을 혼동한다는 점이다. 신뢰란 상대를 있는 그대로의 모습으로 받아들이고 인정하는 것이며 의존은 상대가 내가 원하는 모습대로 행동하기를 바라는 것이다. 이 두 가지의 차이를 분명히 인식하지 못하면 관계는 쉽게 불편해지고 갈등이 생긴다. 결국 그 불편함과 갈등 속에서 소중한 관계가 깨져버리기도 한다.

관계의 균형을 지키는 것은 결국 자기 자신에 대한 명확한 이해에서 출발한다. 자신의 가치를 알고 자존감을 유지하면 타인과의 관계에서도 중심을 잃지 않을 수 있다. 상대가 나의 모든 것을 채워줄 것이라는 환상을 버리고 서로에게 기대는 동시에 각자의 공간과 삶을 존중할 수 있어야 한다.

맹자가 말한 군자의 관계는 결국 서로에게 짐이 되지 않고 함께 성장하는 관계를 뜻한다. 상대방을 구속하지 않으면서도 깊은 신뢰와 존중을 유지하는 것이 진정으로 건강한 관계다. 그렇게 만들어진 관계는 시간이 흐를수록 더욱 성숙해지고 단단해지며 삶의 가장 큰 힘과 위로가 된다.

신뢰와 자유 사이의 균형을 지킬 줄 아는 사람만이 진정한 관계의 의미를 발견할 수 있다. 결국 우리는 서로를 사랑하고 신뢰하되 결코 서로를 소유하거나 구속하지 않을 때, 가장 아름다운 관계를 만들어갈 수 있다.

49

"무엇을 해도 변하는 것이 없다면 자기 자신을 돌아보아야 한다."

- 맹자 -

■ 문제의 정답

어떤 문제가 생겼을 때 사람은 늘 원인을 알고 싶어 한다. 그리고 대부분 그 원인을 외부에서 찾으려고 한다. 일이 잘 풀리지 않으면 상황 탓을 하고 관계가 힘들어지면 상대방에게서 문제를 찾는다. 그러다 보면 상황은 개선되지 않고 같은 문제만 반복해서 마주치게 된다. 맹자는 이럴 때 가장 먼저 돌아보아야 할 것은 다른 무엇도 아닌 '자기 자신'이라고 말한다.

"남을 사랑했는데도 친해지지 못하면 자기의 인(仁)을 되돌아봐야 하고,

다스렸는데도 잘 다스려지지 않으면 자기의 지혜를 되돌아봐야 하고,

예의를 다했는데도 상대방이 응답하지 않으면 자기의 공경을 되돌아봐야 한다.

행동을 했는데도 성과가 없다면 반드시 자기 자신을 돌아보아야 한다."

이 말은 곧, 삶의 문제 대부분은 자신 안에 정답이 숨겨져 있다는 의미다. 남을 사랑했는데도 관계가 깊어지지 않는다면 내가 진정한 공감과 배려를 했는지 돌아봐야 한다. 열심히 노력해도 성과가 없다면 내가 올바른 방향으로 나아가고 있는지 혹은 내가 가진 고집이나 습관 때문에 문제를 키우고 있진 않은지 돌아봐야 한다.

자신을 돌아보는 일은 쉽지 않다. 자신을 돌아본다는 것은 결국 내가 틀렸음을 인정하는 용기와 직면의 힘이 필요

하기 때문이다. 하지만 이런 자기성찰이 없다면 결코 앞으로 나아가지 못한다. 진정한 성장과 변화는 내 자신을 정면으로 바라보는 순간 시작되기 때문이다.

자신을 먼저 돌아보는 일은 비난하는 것과 다르다. 자기비난은 단순히 자신을 낮추고 비하하는 것으로 어떤 문제의 해결책을 찾지 못하고 오히려 자신을 더 위축시키게 만든다. 반면 자기 성찰은 자신의 행동과 생각을 냉정하게 돌아보고 그 안에서 성장할 가능성을 발견하는 일이다. 자신을 보다 깊이 이해하고 삶의 태도를 점검하면서, 나의 인과 지혜, 공경의 태도를 세심히 점검하면 조금씩 성장해 나갈 수 있다.

내 안에서 시작된 작은 변화가 삶 전체를 바꾸는 큰 전환점이 될 수 있다. 내가 바뀌지 않는다면 세상도 결코 바뀌지 않는다. 문제의 해답은 언제나 내 안에 숨어 있다.

50

"남을 사랑하는 사람은 항상 남에게 사랑받고 남을 존경하는 사람은 항상 남에게 존경받는다."

- 맹자 -

■ 사랑과 존경

인간은 누구나 타인에게 사랑받고 존중받기를 원한다. 그러나 현실에서 우리가 원하는 만큼 사랑과 존중을 받기란 쉽지 않다. 그 이유는 무엇일까? 사랑과 존경을 상대에게 요구하면서 정작 자신이 먼저 실천하지는 않고 있기 때문이다.

사랑과 존경의 의미를 오해하는 사람이 많다. 마치 사랑과 존경이 받아내야 하는 빚처럼 먼저 주지 않고 무조건 받으려고만 한다는 것이다. 맹자는 이러한 오해에 일침을 가했다. 남에게 먼저 사랑과 존중을 베풀 때만, 비로소 같은 감정을 돌려받을 수 있다고 했다. 관계는 언제나 상호적이다. 내가 먼저 준 것만이 결국 나에게 되돌아온다.

이러한 원칙이 잘 알려져 있음에도 많은 사람이 실천에 옮기지 못한다. 먼저 살가운 인사를 건네지 못하고 먼저 사랑을 표현하지 못하고 먼저 존중하지 못한다. 먼저 다가가는 것에 대한 두려움 때문일 것이다. 상처받거나 거절당할 가능성을 두려워하기 때문에 쉽게 건네지 못한다. 먼저 표현하지 않고 그저 기다리기만 한다면 상대 역시 같은 이유로 기다리기만 할 가능성이 높다.

새로운 곳에서 새로운 사람을 사귈 때 어떤 이는 상대방이 먼저 다가와 환영해 주기를 기다린다. 아무도 자신에게 다가오지 않으면 '불친절하다'라는 불만을 쉽게 뱉는다. 자신이 먼저 다가갈 수도 있는데 말이다. 만약 내가 어떤 사람에게 먼저 살갑게 인사를 건넨다면 어떨까? 내가 먼저 어떤 사람에게 칭찬을 건넨다면 어떨까? 처음에는 그런 행동이 사소하고 별것 아닌 것 같지만 시간이 흐를수록 나에게 마음을 열고 신뢰를 보내기 시작할 것이다.

결국 먼저 건넨 작은 친절과 사랑이 시간이 지나 나에게 되돌아오는 것이다. 익숙한 곳에서도 마찬가지다. 매일 만나는 친구, 매일 만나는 가족, 매일 만나는 사람들에게 먼저 좋은 말을 건네고 다정한 인사를 하면 과연 결국 누가 행복해질까? 바로 나 자신이다. 내가 건넨 사랑과 존중이 다시 나에게 돌아오기 때문이다.

사랑과 존중이 가득한 삶을 살고 싶다면 내가 먼저 타인에게 보여주어야 한다. 받기를 원하기 전에 먼저 주는 태도가 필요하다. 이것이 바로 맹자가 말한 관계의 본질이다. 대접받고 싶은 만큼 상대를 먼저 대접하라는 뜻이다. 타인에게 뭔가를 먼저 건넨다는 건 손해를 보거나 자존심이 상하는 일이라고 생각할지 모른다. 하지만 절대 그렇지 않다. 오히려 반대다. 먼저 다가가고 먼저 마음을 열 수 있다는 것은 오히려 자존감이 높고 내면이 단단하다는 증거다. 충분히 안정되어 있고 내면이 풍요로운 사람만이 상대에게 먼저 다가갈 수 있다.

스스로에게 질문을 던져볼 때다. 나는 내 주변 사람에게 충분히 사랑을 표현했는가? 충분히 존중을 표현했는가? 상대가 내 마음을 알 수 있을 만큼 충분한 이해를 보여주었는가? 만약 아직 그런 경험이 없다면 지금이라도 실천해야 한다. 머뭇거리지 말고 먼저 다가가 인사하고 먼저 감사의 말을 전하고 먼저 웃으며 상대를 대하자. 그것이 내 삶을 변화시키고 내 주변을 변화시키는 가장 빠른 방법이다.

맹자 인생수업

: 세상의 소란 속에서 나를 지키는 50가지 맹자의 가르침

© 맹자 저 | 김지민 엮음

초판 1쇄 • 2025년 5월 9일

지은이 • 맹자 저 | 김지민 엮음
펴낸이 • 김영재
마케팅 책임 • 염시종 | 고경표
디자인 • 염시종 | 차소정 | 김소미
편집 • 이세준 | 차소정
펴낸곳 • 주식회사 하이스트그로우
제작처 • 넥스트프린팅
출판등록 • 2021년 5월 21일 제2021-000019호
이메일 • highest@highestbooks.com

ISBN • 979-11-93282-23-6